ÜBER DEN AUTOR

Hartmut Sannecke ist ein 1963 geborener und in Berlin lebender geschichtsinteressierter Manager, der in seinem „normalen“ Leben Unternehmen unterstützt, komplexe Projekte richtig umzusetzen. „Benno und das Parlament der wilden Tiere“ ist sein Debütroman, mit dem er nicht nur Kinder und Jugendliche, sondern vielleicht auch den ein oder anderen Erwachsenen für einen komplexen Sachverhalt unterhaltsam interessieren will.

BENNO UND DAS PARLAMENT DER WILDEN TIERE

Von Hartmut Sannecke

Bei WunderbarMediaPublishing.de ado. WunderbarMedia.de
fb.me/WunderbarMediaPublishing
fb.me/WunderbarMedia

Gesamtgestaltung: Layout, Satz, Umschlag-Design:
Otar Karalashvili | facebook.com/BookArtTbilisi

Illustrationen: David Saakashvili | DipiuStudio.eu

Lektorat: Christin Ullmann

Korrektorat: Textwerkstatt Anne Paulsen

ISBN 978-3867229371

Made with ♡ in Kassel – documenta Stadt & Berlin & Tiflis/Georgien

Printed in Poland auf FSC Papier FSC

BennoParlamentDerWildenTiere.de

fb.me/Benno.ParlamentDerWildenTiere

Instagram @Benno.ParlamentDerWildenTiere

KEINE ANGST VOR „GROSSEN TIEREN“

Was haben Elefanten, Affen, Tiger und Schakale mit der Geschichte des deutschen Parlamentarismus zu tun? Und darf man eigentlich auch die schrecklichen Seiten der Vergangenheit als Fabel erzählen? Dass man es darf, das hat George Orwell bereits 1945 mit seiner berühmten Parabel auf die Geschichte der Sowjetunion „Farm der Tiere“ gezeigt. Und Art Spiegelman erzählt die Leidensgeschichte seines Vaters während der Tyrannei des Nationalsozialismus in seinem preisgekrönten Comic-Roman „Maus – Die Geschichte eines Überlebenden“.

Dass man es kann, das zeigt auch dieses Buch. Auf kreative Weise, die sowohl größeren Kindern als auch Jugendlichen gerecht wird, erzählt es das Abenteuer von Benno, einem Schuljungen im Weltmeisterschaftsjahr 2006. Der große Tiger Bismarck, Adolf Hitler als Schakal, der alte Löwe Adenauer – fantasievoll und doch stets angemessen in Ton und Bildsprache wird die Gegenwart des „deutschen Sommermärchens“ mit wichtigen Wegmarken der Vergangenheit verknüpft.

Begleitet und geführt durch den Löwen Helmut, erlebt Benno die wechselhafte deutsche Geschichte der letzten gut 150 Jahre. Mit Hilfe versteckter Briefe und einer magischen Karte, die die Zusammenhänge deutlich macht, durchstreift er in einer turbulenten Schnitzeljagd wichtige historische Stationen: Von der Reichsgründung über die Weimarer Republik bis zum massenmörderischen Nationalsozialismus; vom Kriegsende über den Mauerbau bis zur Wiedervereinigung Deutschlands. Mit wohl dosierter Leichtigkeit werden Bennos Erlebnisse erzählt, ohne dabei das dunkelste Kapitel deutscher Geschichte auszusparen.

Kinder und Jugendliche dazu zu befähigen, historische Zusammenhänge zu verstehen, um gemeinsam bessere Entscheidungen für die Zukunft zu treffen, das nenne ich gelungene politische Bildung. Und wie schön, wenn das wie in diesem Buch auch Spaß macht. Gerade unsere jüngsten Bürgerinnen und Bürger müssen lernen, dass und wie Menschen immer wieder versuchen, andere Menschen zu manipulieren, um politische Macht zu gewinnen und manchmal auch zu missbrauchen. Denn nur mit einem wachen historischen Bewusstsein können wir wissen, wie wichtig es ist, unsere parlamentarische Demokratie zu beschützen.

Viel Freude beim Lesen wünscht Eure und Ihre

Prof. Dr. Dr. h.c. mult. Rita Süssmuth,
Bundestagspräsidentin a.D.

Für Helena

INHALT

EINLEITUNG

„Hey, psst, Moritz!“ Benno stupste seinen Freund in die Seite und Moritz blickte von seinem Schulheft auf. Kurz lugte er zur Seite und richtete seinen Blick dann wieder nach vorn, wo ihr Geschichtslehrer gerade etwas an die Tafel schrieb.

„Was denn?“, fragte er leise zurück.

„Klappt das am Wochenende wie besprochen?“, flüsterte Benno.

Sein bester Freund grinste über das ganze Gesicht. „Klar! Erst kicken und dann das WM-Spiel im Fernsehen. Du kannst bei mir schlafen.“

„Mega!“, traute Benno sich noch zu sagen und grinste ebenso. Als er den strengen Blick des Lehrers auf sich bemerkte, erstarb sein Lächeln und er richtete sich auf, als wäre nichts gewesen.

„Auf das WM-Spiel freue ich mich auch, aber trotzdem – Benno und Moritz – bitte ich euch, doch wenigstens in den letzten zehn Minuten vor dem langen Wochenende noch mit der Aufmerksamkeit hier im Unterricht zu bleiben. Zurück zum Thema: Das Parlament …“

Benno schaltete schon wieder ab und sah vor seinem geistigen Auge, wie seine Mannschaft, die E-Jugend der Eintracht Frankfurt, die Offenbacher Gegner am Samstag fertigmachen würde. Seine Füße vollführten unter dem Tisch unwillkürliche Torschüsse, während Herr Bogenschütz vor ihm seinen Monolog fortführte. Und dann noch das WM-Spiel der deutschen Jungs um den dritten Platz, und am Sonntag das große Finale. Ein perfektes Fußball-Wochenende! Wie gern würde er eins der WM-Spiele live sehen.

„Weil ihr alle so gut aufgepasst habt, wird es euch ein Leichtes sein, mir am Montag euren Aufsatz vorzulegen, in dem ihr mir in euren Worten die Funktion des Parlaments erklärt."

Benno blinzelte und kam wieder zurück in die Realität. Hatte Herr Bogenschütz das gerade wirklich gesagt?

„Was?", fragte Benno unwillkürlich laut.

„Das Parlament, Benno", reagierte Herr Bogenschütz sofort darauf. „Wenn du gut mitgeschrieben hast, musst du die Notizen nur zusammenfassen und ausformulieren." Dabei unterdrückte er ein Grinsen. „Wir sehen uns Montag! Schönes Wochenende, und denkt dran, morgen, am Freitag ist schulfrei!"

Nicht sein Ernst, dachte Benno diesmal ohne es auszusprechen. Für einen Aufsatz hatte er keine Zeit. Und wenn er ehrlich war auch null Ahnung.

„Nicht an diesem Wochenende", sagte Benno wütend zu Moritz, als sie auf dem Flur und außer Hörweite von Herrn Bogenschütz waren. Ihm war zum Heulen zumute. „Ist der gemein!"

„Ja, das hat der doch mit Absicht gemacht. Den interessiert Fußball wahrscheinlich nicht mal wirklich", stimmte Moritz zu. „Mein Bus kommt ... Bis Samstag, Benno!" Schon sprintete er die letzten paar Meter zur Haltestelle.

Benno nahm den Fußweg am Main entlang und schoss mit dem Fuß eine leere Coladose vom Gehweg, während er grübelte, welche Ausrede er Montag vorlegen könnte, warum er den Aufsatz nicht zustande gebracht hatte. Er konnte sich aber nicht sehr lang auf diesen Aufsatz konzentrieren, stattdessen dachte er an sein Fußballspiel. Er brannte darauf, endlich wieder auf dem Feld zu stehen. Bei den letzten beiden Spielen war er nicht dabei gewesen, weil er sich das Knie verletzt hatte. Aber jetzt war wieder alles okay.

Benno blieb an der Uferpromenade stehen. Nicht weit entfernt, mitten auf dem Fluss, war eine riesige Leinwand aufgebaut, auf der die WM-Spiele übertragen wurden. Enttäuscht und verärgert zugleich warf er einen Kieselstein in den Fluss. „So ein Mist!“, grummelte er wieder. Hinter den Hochhäusern auf der anderen Mainseite zogen dicke Wolken auf.

„Parlament. Was weiß ich schon über das Parlament? Was soll ich denn da schreiben?“ Er warf einen Kieselstein nach dem anderen ins Wasser. Während er nachdachte, wurden die dicken Wolken immer dunkler und es war eigentümlich still um ihn herum. Der Wind regte sich nicht mehr. Auch die Enten, die eben noch auf dem Main gequakt hatten, waren nicht mehr zu sehen. Niemand außer ihm ging den Uferweg entlang. Plötzlich hörte Benno, wie sich hinter ihm etwas bewegte. Er drehte sich um und erschrak.

Direkt hinter der Parkbank stand ein Löwe. Ein richtiger Löwe. Benno schrie auf und wollte wegrennen.

„Hab keine Angst, Benno“, brummte das Tier sanft.

Benno hielt inne. Träumte er, oder hatte er gerade einen Löwen sprechen gehört? Er sah sich vorsichtig um. Der Löwe saß wie ein Mensch auf der Parkbank, hatte die Beine übereinandergeschlagen und winkte: „Komm, setz dich zu mir, Benno. Ich tue dir nichts. Wirklich! Vielleicht kann ich dir sogar helfen."

Benno blieb in sicherer Entfernung. Einen sprechenden Löwen gab's doch nur bei Madagascar. Oder dem König der Löwen. Aber wie Mufasa sah der nicht aus. Er war dick, ziemlich dick und trug eine große Brille auf der Nase. In der Hand hielt er eine Tüte Süßigkeiten, aus der er naschte.

„Wer bist du denn?", fragte Benno jetzt etwas weniger ängstlich.

„Nenn mich einfach Helmut", antwortete der Löwe. „Ich komme aus dem Land der wilden Tiere."

„Land der wilden Tiere?", stutzte Benno. „Wo soll das denn sein?"

„Wenn du willst, zeige ich es dir."

„Ich glaube, ich muss eingeschlafen sein", sagte Benno kopfschüttelnd. „Du sprichst gerade nicht wirklich mit mir, oder?"

Der Löwe schien zu überlegen, wobei er sich genüsslich zwei Bonbons in den Mund steckte. Dann zuckte er mit den Schultern. „Mag sein, dass du der Einzige bist, der mich sehen kann. Aber das spielt keine Rolle. Ich denke nämlich, ich kann dir helfen."

Benno blinzelte den dicken Löwen weiter ungläubig an. Er fühlte sich ziemlich wach und konnte sich trotzdem nicht erklären, was hier passierte. Vielleicht wurde ihm ein Streich gespielt. War das eine Art Virtual Reality? Er zuckte mit den Schultern. Was soll's, dachte er. Er konnte sich genauso gut auf den Prank einlassen.

„Ich bezweifle, dass du mir helfen kannst. Es sei denn, du kannst mit deinen Riesenpranken einen Aufsatz über das Parlament für mich schreiben."

„Ich weiß von deinem Problem", brummte Helmut und kaute. „In unserem Land gibt es auch ein Parlament. Das Parlament der wilden Tiere."

„Wie willst du mir denn helfen?", fragte Benno und setzte sich ohne Angst neben den Löwen. Den Schulranzen stellte er vor seinen Füßen ab.

„Geh zur Paulskirche", sagte Helmut, „dort ist in der großen Halle ein Umschlag versteckt." Benno streckte ein Bein aus und kickte den Ranzen um. Der Löwe fuhr fort: „Schau unter das Rednerpult. Aber pass auf, dass dich keiner sieht."

„Was ist in dem Umschlag drin?", fragte Benno, während er sich nach der Tasche bückte. Aber er bekam keine Antwort. Als er wieder aufschaute, saß niemand mehr neben ihm. „Helmut? Helmut, wo bist du?" Er sprang auf und schaute sich in alle Richtungen um. Die Wolken waren verschwunden. Die Sonne lachte vom Himmel und ein leichter Sommerwind wehte ihm ins Gesicht. Die Enten auf dem Main quakten, der Uferweg war wieder belebt, aber vom Löwen keine Spur weit und breit.

„Ich glaub, ich spinne!", sagte Benno laut. „Hab ich jetzt geträumt, oder war das echt?"

Langsam machte er sich weiter auf den Heimweg. Und wenn nun doch ein Umschlag in der Paulskirche liegen würde? Benno dachte nur noch an Helmut Löwe und seine geheimnisvollen Worte. Kurz bevor er zu Hause war, entschloss er, noch vor dem Mittagessen in die Paulskirche zu fahren. Vorsichtshalber. Man weiß ja nie.

Benno nahm den direkten Weg zur Straßenbahn und fuhr zur Paulskirche. Die war eigentlich keine richtige Kirche. Man hatte sie vor langer Zeit umgebaut und heute fanden hier Veranstaltungen statt. Ein paar Touristen waren da. Die große Halle befand sich im ersten Stock des Gebäudes. Dort angekommen, ging Benno direkt zu dem kleinen Rednerpult. Er konnte jedoch nichts entdecken. Auf dem Pult selbst lag nichts. Auf dem Fliesenboden darunter auch nichts. Er tastete die Fliesen mit seinem Fuß ab. Da war etwas! Eine Platte war ein wenig locker. Bennos Herz schlug schneller. Um festzustellen, ob er die Fliese hochheben konnte, musste er das leichte Rednerpult etwas beiseite rücken. Das ging aber nicht, denn der Wärter beobachtete ihn argwöhnisch.

Benno beschloss zu warten. Der Wärter würde irgendwann wieder nach unten gehen, denn er musste auch den Raum im Erdgeschoss beaufsichtigen. Benno setzte sich auf einen Stuhl und tat so, als würde er die Halle betrachten.

Allzu lange musste er sich nicht gedulden, bis der Wärter die Halle verließ. Jetzt konnte Benno unbeobachtet suchen.

Er schob das kleine Rednerpult ein wenig zur Seite, um die Bodenfliese anzuheben. Mit den Fingern kam er jedoch nicht zwischen die Ritzen. Erst nach einer Weile gelang es ihm, die kleine Platte mit einem Kugelschreiber, den er in seinem Ranzen hatte, anzuheben. Und tatsächlich! Darunter steckte ein dicker Briefumschlag, so groß wie ein Schulheft. ‚Das Parlament der wilden Tiere' stand in altmodisch geschwungener Schreibschrift auf dem Umschlag. Die schwarze Tinte war schon etwas verblichen.

Benno schaute sich um, ob er beobachtet wurde. Es war niemand da. Sorgfältig legte er die Bodenfliese wieder an ihre Stelle, schob das Rednerpult zurück, nahm den Brief und verließ eilig die Paulskirche. Er suchte einen Platz, an dem er den Inhalt ungestört lesen konnte, und öffnete aufgeregt den Umschlag.

Darin fand er drei Dokumente. Als Erstes nahm er ein zusammengefaltetes, lederartiges Schriftstück heraus. Es fühlte sich wunderbar weich an. Das Material war dicker als gewöhnliches Papier. Benno faltete es auseinander. Es war eine alte Landkarte. Darauf waren drei Länder abgebildet, in denen jeweils ein Tier zu sehen war. „Westland. Südland. Ostland", las Benno laut und betrachtete das Fundstück genauer. Diese Länder kannte er nicht. Die Karte war irgendwie seltsam. Die Tiere – ein Nashorn, ein Nilpferd und eine Giraffe, waren alle mit Orden geschmückt und steckten in farbenfrohen Uniformen. Mehr war nicht in der Karte verzeichnet: keine Stadt, kein Berg, kein Fluss, nichts, was Benno bekannt vorkam.

WESTLAND
OSTLAND
SÜDLAND

Beim Auseinanderfalten der Karte war etwas zu Boden gefallen. Benno hob es auf. Es war eine Bahnfahrkarte: Frankfurt-Berlin und zurück. Ausgestellt auf den 7. Juli 2006. „Aber... das ist doch morgen!“

Da steckte noch etwas in dem Umschlag. Es war ein Brief mit der gleichen altmodischen Handschrift wie der Umschlag. Ein Schlüssel war daran befestigt. Benno las:

Lieber Benno,

entschuldige, dass ich vorhin so schnell gegangen bin. Ich hatte einen wichtigen Termin, den ich nicht versäumen durfte. Wir treffen uns sicher bald wieder, wenn du willst.

Ich möchte dich nämlich zu einer Reise einladen. Eine Reise ins Land der wilden Tiere. Dort wirst du unser Parlament kennenlernen. Wenn du mitmachst, verspreche ich dir: Es wird spannend. Vielleicht sogar noch spannender als Fußball. Du könntest zwar morgen nicht mit deinem Verein spielen. Aber dafür besorge ich dir eine Karte für das WM-Endspiel: Frankreich gegen Italien. Im Olympiastadion in Berlin. Na, wär das was?

Du musst nur meinen Anweisungen folgen. Sicherlich hast du die Fahrkarte schon gefunden. Fahr mit dem Zug bis zum neuen Hauptbahnhof in Berlin. Im Schließfach 1871 findest du einen weiteren Umschlag mit weiteren Informationen.

Ich bin sicher, du machst mit.

Bis bald

Helmut Löwe

Benno konnte nicht glauben, was er da las. Karten für das Endspiel in Berlin. Das war immer sein allergrößter Wunsch gewesen. Aber es war unmöglich gewesen. Jeder wusste, wie schwierig es war, wenn nicht unmöglich, Karten zu bekommen. Selbst für eins der anderen Spiele. In Frankfurt hatten fünf Spiele stattgefunden. Bennos Vater hatte alles versucht, um Tickets zu bekommen. Er hatte es über den Verein und über das Internet probiert. An 14 Gewinnspielen hatten Benno und er teilgenommen. Sogar für eine Fernsehshow hatten sie sich beworben. Doch leider hatten sie kein Glück gehabt. Sie konnten sich die Spiele nur im Fernsehen und in der Main-Arena anschauen.

Und jetzt machte ihm ein geheimnisvoller Löwe Hoffnung, beim Endspiel live dabei zu sein. Wahnsinn! Benno las den Brief noch einmal, um sich zu vergewissern, dass er nicht träumte. Konnte er dem Löwen wirklich glauben? Die Fahrkarte wirkte auf jeden Fall echt und es lag, wie der Löwe beschrieben hatte, ein Schlüssel im Umschlag. Benno betrachtete ihn. Es war ein kleiner Schlüssel, die Nummer 1871 stand drauf.

„Ist das aufregend", dachte Benno und nahm sich das dritte Dokument aus dem Umschlag vor. Es waren weiße, bedruckte Blätter, die er auseinanderfaltete. Auf der ersten Seite prangte eine große Überschrift.

DAS PARLAMENT
DER WILDEN TIERE

Neugierig blätterte Benno weiter und begriff, dass er das erste Kapitel einer Geschichte in den Händen hielt. Er begann zu lesen:

1. DIE TIERE WOLLEN MITBESTIMMEN

Es ist schon länger her, da gab es vier Länder. Die wurden alle von den großen Tieren beherrscht. Der Mächtige Elefant trug eine Pickelhaube und war der König eines großen Reichs im Norden. Das Nashorn mit der feuerroten Uniform regierte im Westen. Das Nilpferd, das immer getragen werden wollte, hatte im Osten sein Königreich. Und die Giraffe mit einer schwungvollen Frisur herrschte über ein Land im Süden.

Es lebten viele Tiere in diesen vier Ländern: So gab es überall Löwen, Tiger, Affen, Antilopen, Büffel, Gnus und Warzenschweine. Natürlich lebten auch kleine Tiere

dort, zum Beispiel Heuschrecken, Termiten und Moskitos. Neben den lieben Tieren wie den hübschen Zebras, den gemütlichen Ameisenbären und den bequemen Hängebauchschweinen gab es ebenso gefährliche Tiere – die Krokodile und die Hyänen. Außerdem hatte jeder der vier stolzen Herrscher seine Soldaten: Das waren die Bongos und die Kudus: Antilopen, die mit ihren spitzen Hörnern die Länder verteidigen sollten.

Die vier Regenten – der Mächtige Elefant, das Nilpferd, das Nashorn und die Giraffe – hatten Grenzen errichtet, um ihre Länder zu markieren. Wenn beispielsweise ein Löwe, der im Reich des Mächtigen Elefanten wohnte, seine Geschwister im Nashorn-Land besuchen wollte, musste er immer lange an der Nord-West-Grenze warten. Da saß der Löwe dann und maulte: „Ich will nicht immer an der Grenze warten müssen. Das finde ich blöd."

„Stimmt! Das ist reine Zeitverschwendung. Die Grenzen müssen weg“, schimpfte ein Schimpanse, der neben dem Löwen vor dem Grenzbaum wartete. Und der brummige Vater der Warzenschweinfamilie, die auch in den Westen wollte, rief aufgeregt: „Wären die dummen Grenzen weg, gäbe es nur ein einziges Land.“

Der Mächtige Elefant, das Nashorn, das Nilpferd und die Giraffe hielten sich aber ihre Ohren zu, als die Tiere zu murren anfingen. Das machte alle noch wütender.

„Das Nashorn ist so stur und so gemein. Es sitzt auf seinen Ohren“, schimpften die Löwen aus dem Osten.

„Warum muss der Mächtige Elefant immer alles selbst entscheiden? Wir wollen auch mitbestimmen“, zeterten die Paviane aus dem Norden und schnauften vor Wut.

„Und wir wollen, dass die Giraffe uns endlich zuhört“, maulten die Warzenschweine aus dem Süden.

„Wenn wir das wirklich wollen“, sagte ein schlauer Tiger, „müssen wir alle zusammenhalten. Nur dann können wir uns durchsetzen gegen die vier großen Tiere, die uns regieren.“

Im Norden, Westen, Osten und auch im Süden wurde die Unruhe immer größer. Die Löwen, die Affen, die Ameisenbären, die Warzenschweine und andere Tiere versammelten sich und sagten laut ihre Meinung. Da sie sich zusammen stärker fühlten, riefen sie alle Tiere in den vier Ländern auf, Vertreter zu einer großen Versammlung zu schicken. Diese nannten sie Nationalversammlung.

So trafen sich dann die Vertreter der Löwen, der Tiger, der Schimpansen, der Paviane, der Warzenschweine und der Ameisenbären. Sie kamen aus allen Richtungen. Mit einem prächtigen Einzug marschierten sie stolz in das extra ausgesuchte Versammlungsgebäude. Die Bongos standen stramm Spalier und das Tiervolk jubelte seinen Vertretern zu.

„Wir wollen ein Parlament werden", sagte ein Löwe laut. „Ein was?", fragte ein Ameisenbär. „Ein Par-la-ment. So nennen wir den Ort, in dem wir Tiere wählen, die für uns alle mitbestimmen können."

Die Nationalversammlung beschloss als Erstes, dass jedes Tier ungestraft seine Meinung äußern durfte. Ob die Meinung nun klug war oder nicht, war egal. Außerdem sollte es von nun an ein Land ohne Grenzen geben:

DAS LAND DER WILDEN TIERE.

Natürlich brauchte ein so großes Land ein Oberhaupt. Die Tiere überlegten, wer denn die meiste Erfahrung hätte, und kamen auf den Mächtigen Elefanten mit der Pickelhaube. Sie fragten ihn, ob er ihr Kaiser werden wolle.

Der Mächtige Elefant war aber mächtig eingeschnappt. Er wollte auf gar keinen Fall, dass das Volk bestimmt, was er tun sollte.

„Ich bin der Mächtige Elefant. Nur ich entscheide, was gemacht wird. Ich will nicht euer Kaiser werden",

trompetete er so aufgebracht, dass die Pickelhaube auf seinem Kopf hin- und her wackelte.

Daraufhin schickte er seine Kudu-Armee in die Nationalversammlung und ließ sie einfach auflösen. Die Kudus jagten die Tiere fort. Damit sie nicht wieder zurückkehrten, bat der Mächtige Elefant das Nilpferd, das Nashorn und die Giraffe, an den Grenzen Armeen aufzustellen.

Deshalb standen an allen Grenzen nun starke Kudu- und Bongo-Soldaten und passten auf. Traurig erzählten die verjagten Tiere zu Hause, dass der Mächtige Elefant die Nationalversammlung aufgelöst hatte und die großen Tiere ihn dabei unterstützten.

Nun herrschten die vier Regenten wieder wie vorher: der Mächtige Elefant in seinem großen Reich im Norden. Er konnte ungestört mit seiner Kudu-Armee das Marschieren üben. Das Nashorn im Westen setzte zufrieden seine goldene Krone auf und zählte seine Goldstückchen. Das Nilpferd ließ sich gemütlich auf einer Sänfte durch sein Ostreich tragen und die Giraffe im Süden konnte in Ruhe ihren Schmuck polieren. Dem Volk wurde natürlich verboten, frei seine Meinung zu sagen.

„Das ist also das Land der wilden Tiere, von dem der Löwe gesprochen hat“, dachte Benno für sich. „Und die Landkarte, die ich gefunden habe, stimmt mit den Ländern in der Geschichte überein.“ Er verglich die Namen noch einmal, stellte dabei aber fest, dass das Nordreich auf der Landkarte fehlte. „Vielleicht finde ich den Rest der Karte im Schließfach in Berlin.“

Benno schaute auf die Uhr. Oje! Es war schon halb drei. Seine Mutter würde sich bestimmt Sorgen machen. Er hatte versprochen, spätestens halb zwei zu Hause zu sein, und sein Handy lag zu Hause. Sofort rannte er zur Straßenbahn und erreichte abgehetzt die Haustür.

Nachdem es mächtig Ärger von seiner Mutter gegeben hatte, zog Benno sich, so schnell er konnte, in sein Zimmer zurück und überlegte, was er jetzt machen sollte. Das Spiel am nächsten Tag gegen Offenbach war ihm wichtig. Er wollte unbedingt dabei sein. Aber die Aussicht, das Endspiel in Berlin zu erleben, war einmalig. Die Geschichte vom Parlament der wilden Tiere und der geheimnisvolle Löwe hatten ihn sehr neugierig gemacht. Seinen Eltern könnte er das alles nicht erzählen. Sie würden ihm nicht glauben. Er musste unbedingt Moritz anrufen. Der würde ihn verstehen.

Benno nahm sein Handy. „Hallo Moritz. Ich muss dir etwas erzählen ...“ Er berichtete seinem Freund, was ihm nach der Schule passiert war.

„Ist nicht wahr“, ertönte die Stimme am anderen Ende ungläubig.

„Doch. Kein Wort gelogen. Ehrenwort.“ Benno war immer noch sehr aufgeregt.

Am anderen Ende wurde es für einen Moment still. „Schwöre bei unserer Freundschaft, dass das stimmt!“, sagte Moritz dann.

„Ich schwöre! Bei unserer Freundschaft."

„Okay. Dann musst du wirklich nach Berlin fahren", sagte Moritz. „So eine Chance bekommst du nie wieder."

„Aber morgen ist doch unser Spiel gegen Offenbach", entgegnete Benno.

„Vergiss es!", konterte sein Freund. „Die Geschichte mit dem Löwen ist doch irre. Und stell dir mal vor, du kommst wirklich ins Endspiel rein!"

„Aber ich bin doch morgen aufgestellt."

„Melde dich krank! Sag, dass dein Knie immer noch Probleme macht."

„Aber meine Eltern ... Wie soll ich denen das erklären?"

„Bist du verrückt, Benno? Denen sagst du gar nichts. Die denken doch, dass du bei mir bist. Die kriegen davon gar nichts mit."

„Aber wenn sie bei euch anrufen?"

„Wenn, dann rufen sie auf deinem Handy an und nicht bei uns."

Moritz hatte recht. Die Eltern würden gar nichts bemerken. Und sein eigenes Spiel gegen Offenbach war wirklich nicht so wichtig wie ein Abenteuer in Berlin während der WM. Bennos Herz klopfte bis zum Hals, als er wieder auflegte.

In der Nacht schief er schlecht. Er wälzte sich von einer Seite auf die andere. Das versprochene Abenteuer und das Endspiel ließen ihm keine Ruhe. Als er am nächsten Morgen aufstand, wusste er, was er zu tun hatte.

Als Erstes rief er seinen Trainer an. „Tut mir leid, Harro, aber ich kann nicht spielen. Mein Knie ist immer noch nicht in Ordnung. Ich war gestern beim Arzt. Der hat es mir verboten."

„Das ist sehr schade, Benno. Wir brauchen dich eigentlich“, erwiderte der Trainer. „Aber du kommst doch zum Zuschauen?“

„Geht leider auch nicht“, log Benno. „Als wir gestern vom Arzt zurückkamen, musste ich meiner Mutter versprechen, mit auf den Geburtstag meines Onkels zu gehen.“

„Okay, aber nächstes Mal bist du wieder fit. Versprochen?“

„Versprochen!“

Benno legte auf und packte seine Sachen für die Reise. Im Arbeitszimmer seines Vaters hatte er einen Reiseführer von Berlin gefunden. Darin las er eine Weile, um sich mit der Stadt ein wenig vertraut zu machen. Dann plünderte er sein Sparschwein und war sehr froh, auch ein paar Scheine zu finden. 48,60 Euro zählte er. „Es ist zwar viel Geld, aber hoffentlich reicht es auch für die Reise“, dachte er.

Er nahm den Umschlag mit dem geheimnisvollen Inhalt aus seiner Tasche und studierte ihn noch einmal.

„Du brauchst mich nicht zu Moritz zu bringen, Papa“, rief Benno, als er kurz darauf aus seinem Zimmer ging. „Ich fahre mit der Straßenbahn.“

„Seit wann fährst du freiwillig mit der Straßenbahn?“, staunte Bennos Vater.

„Sei doch froh, ihr seid doch sowieso im Stress wegen Onkel Wolfgangs Geburtstag.“

„Wo ist denn bloß wieder diese verdammte Hose?“, brummelte sein Vater, der gar nicht richtig zuhörte.

„Na also!“, erwiderte Benno, erleichtert, dass alles so problemlos klappte. Er nahm seine Tasche und verabschiedete sich von seinen Eltern.

„Pass auf dein Knie auf!“, sagte seine Mutter sorgenvoll. „Und bleibt nicht zu lange auf!“ Sie gab ihm einen Kuss auf die Stirn.

„Ja, ja“ antwortete Benno und war schon an der Haustür.

Die Straßenbahn bog in diesem Moment um die Ecke. Benno rannte zur Haltestelle und hüpfte hinein. Am Hauptbahnhof rief er Moritz an: „Ich fahre jetzt los.“

„Super. Viel Glück! Und ruf mich an, wenn du Hilfe brauchst!“

Der ICE nach Berlin wartete bereits am Bahnsteig. Benno stieg ein. Er hatte vor Aufregung Hummeln im Bauch. Er war noch nie in Berlin gewesen. Und jetzt erwartete ihn dort ein unbekanntes Abenteuer. „Wohin wird mich der Löwe schicken?“, überlegte er.

Nach vier langen Stunden erreichte der Zug endlich Berlin. Berlin war groß. Sehr groß. Nervös betrachtete Benno die vielen Häuser durch das Fenster, als er die Durchsage hörte: „In Kürze erreichen wir Berlin Hauptbahnhof.“ Der Zug fuhr in ein großes gläsernes Gebäude ein.

Benno stieg aus. Etwas verloren stand er am Bahnsteig und versuchte, sich zu orientieren. Viele Menschen bewegten sich durch den Bahnhof. Überall sah er Plakate zur WM. Er hörte viele Stimmen um sich herum, die in verschiedenen Sprachen redeten.

Zuerst wollte er nach den Schließfächern suchen. Das war nicht einfach. Der Bahnhof war größer, als er es sich vorgestellt hatte. Er entdeckte ein Informationshäuschen in Form eines Fußballs. „Lustig", dachte er. „WM könnte eigentlich immer sein."

Benno ging zur Information und fragte nach den Schließfächern.

„Eine Etage tiefer", war die Auskunft der freundlich lächelnden Frau.

Eine Rolltreppe brachte ihn nach unten und nach einer Weile fand er die Reihe, in der sein Schließfach sein musste. Voller Spannung schloss er die Tür mit der Nummer 1871 auf.

Genau wie der Löwe in seinem Brief geschrieben hatte, befand sich darin ein weiterer Umschlag. Er war ähnlich groß und dick wie der erste. Benno nahm ihn heraus.

„Wo kann ich den Brief in aller Ruhe lesen?", überlegte er und ging los, auf der Suche nach einem Café. Als er eins gefunden hatte, suchte er sich einen Platz in der hintersten Ecke, bestellte sich eine Cola und öffnete den Umschlag.

Darin fand er eine weitere Landkarte. Sie war größer als die erste und aus dem gleichen Material. Darauf waren ein großes Meer und ein Land mit einem seltsamen Elefanten abgebildet, der eine Pickelhaube trug. „Nordreich", las Benno. Es gab keinen Zweifel. Dieser Teil gehörte zur Karte, die er in der Paulskirche gefunden hatte. An der linken Seite war die Karte abgerissen, oben, links und rechts waren die Kanten jedoch gerade. Es fehlte also noch mindestens noch ein Teil. Benno holte die erste Landkarte heraus und legte beide Stücke nebeneinander. Sie passten perfekt zusammen. Nur in der Mitte blieb ein circa fünf Zentimeter großes Loch. Die Karte war jetzt so groß wie ein kleiner Bistrotisch.

NORDREICH
OSTLAND
WESTLAND
SÜDLAND

„Super. Das sind jetzt alle Länder, von denen in der Geschichte die Rede war", dachte Benno. Er wollte nur zu gern schon wissen, was links und rechts noch fehlte. Und dann war da dieses Loch in der Mitte. Was konnte das sein? Er hoffte auf eine Erklärung im beiliegenden Brief.

Lieber Benno,

herzlich willkommen in Berlin. Ich war mir sicher, dass du dich auf den Weg machst, und hoffe, es gefällt dir hier.

Die Landkarte ist eine magische Karte. Klebe beide Kartenteile zusammen. Dann wird ein kleines Wunder geschehen.

Geh mit der Karte in das Deutsche Historische Museum. Dort hängt ein berühmtes Gemälde. Es heißt „Die Kaiserproklamation". Hinter dem Bild habe ich die nächste Anweisung versteckt. Aber pass auf, dass du die Alarmanlage nicht auslöst.

Dein

Helmut Löwe.

Benno bat den Kellner um etwas Klebeband. Als er es bekam, drehte er beide Kartenteile um und klebte sie an der gerissenen Stelle sorgfältig zusammen. Als er wieder die Vorderseite betrachtete, glaubte er, seinen Augen nicht zu trauen.

Die Karte hatte sich verändert. Dort wo vorher noch vier Länder zu sehen waren, gab es nur noch ein Land. Das Nashorn, das Nilpferd und die Giraffe waren verschwunden. Nur der Elefant war noch da. „Kaiser“, stand darunter. Unterhalb des Elefanten war ein stolzer Tiger mit einem gewaltigen Schnurrbart abgebildet, unter dem „Kanzler“ geschrieben stand. Das Loch war immer noch da und das Land hatte einen neuen Namen bekommen: „Land der wilden Tiere“.

Kaiser
LAND DER WILDEN TIERE
Kanzler

„Oh", sagte Benno, „wo sind die drei anderen Könige geblieben?" Wer war der Tiger, der Kanzler genannt wurde? Von ihm hatte er noch nichts gelesen.

Benno schaute noch einmal in den Umschlag und entdeckte ein drittes Dokument. Es musste die Fortsetzung der Geschichte sein.

2. DER GROSSE TIGER GRÜNDET DAS LAND DER WILDEN TIERE

Der Mächtige Elefant dachte noch einmal über die Idee nach und fand es mit einem Mal doch klasse, Kaiser im Land der wilden Tiere zu werden und ganz allein ein noch viel größeres Reich zu regieren. Deshalb heckte er heimlich einen Plan aus: Er wollte die drei anderen Länder erobern. Jedoch sollten seine Untertanen, das Volk, nicht über ihn bestimmen können. Er wollte alleine herrschen.

Aber wie sollte er das machen? Er saß auf seinem Thron und überlegte und überlegte. Dabei schob er seine Pickelhaube von rechts nach links und kratzte sich am Kopf. Plötzlich fiel ihm ein, dass er einen besonders schlauen Tiger kannte. Genau. Der Tiger mit dem weißen Schnurrbart sollte ihm helfen, seinen Plan durchzuführen. Er schickte ein Erdmännchen los, um ihn zu sich zu rufen.

Als sich der Tiger vor seinem Thron verbeugte, sagte der Mächtige Elefant:

„Tiger, ich habe schon viel Gutes von dir gehört. Du bist ein schlauer Tiger. Deshalb berufe ich dich in meine Regierung. Und ich vertraue dir. Ich habe einen geheimen Plan. Hilf mir, die drei anderen Länder zu erobern, damit ich Kaiser werden kann. Damit ich bestimme, was im Land geschieht."

„Danke für dein Vertrauen", entgegnete ihm der Tiger. Er fühlte sich geschmeichelt und zupfte stolz an seinem Schnurrbart. „Ich will mein Bestes geben, um dir zu helfen."

Er zog sich seine Uniform an und machte sich mit einer Kutsche auf die Reise. Als Erstes stattete er dem Nilpferd einen Besuch ab.

Das Nilpferd, das auf seiner Sänfte müde herumlag, war schon alt.

„Liebes Nilpferd, warum willst du denn noch regieren? Der Mächtige Elefant ist viel jünger. Er könnte dir die schwere und anstrengende Regierungslast abnehmen", schlug ihm der Tiger scheinheilig vor.

„Ei verbibsch! Wenn ich es mir recht überlege, ist das gar keine schlechte Idee", näselte das alte müde Nilpferd. „Und ich kann gleich zu Bett gehen." Es gähnte herzhaft.

„Dann musst du hier nur unterschreiben", schlug ihm der Tiger vor und hielt ihm ein vorbereitetes Schriftstück vor. „Damit kann der Mächtige Elefant auch im Osten dein Regierungsamt übernehmen." Müde kritzelte das Nilpferd seine Unterschrift unter das Dokument. Und als der Tiger wieder in den Norden zurückfuhr, schnarchte das Nilpferd bereits selig.

Das zweite Reiseziel des Tigers war das Königreich im Westen. Das Nashorn war ganz und gar nicht müde, sondern sehr eigensinnig und wollte mit dem Tiger erst gar nicht verhandeln. Es setzte sich an seinen goldenen Schreibtisch und schrieb dem Tiger mit einer goldenen Feder einen Brief. Darin stand:

„Sehr geehrter Herr Tiger,

bitte teilen Sie dem Mächtigen Herrn Elefanten mit, dass ich auf keinen Fall einen Herrscher über mir dulde. Darüber zu verhandeln, ist reine Zeitverschwendung.

Hochachtungsvoll

Nashorn, König vom Westland"

Daraufhin schickte der Tiger sofort die starke Kudu-Armee in den Westen. Sie umzingelten das Schloss des Nashorns, das bald aufgeben musste.

„Okay, okay, du hast gewonnen, Tiger. Ich will aber meine goldene Krone behalten", flehte das Nashorn.

Dem stimmte der Tiger zu. Nun gehörte dem Mächtigen Elefanten auch der Westen.

Als Letztes musste der Tiger mit der Giraffe verhandeln. Sie war dafür bekannt, dass sie in schöne glitzernde Dinge vernarrt war. Der Tiger konnte sie ganz leicht bezirzen. Er baute ihr das schönste Schloss mit Zuckertürmchen, mit viel Gold und Edelsteinen, dass die Giraffe vor Glück fast ohnmächtig wurde, als sie es sah.

„Meine allerliebste Giraffe, dieses Schloss sei dein, wenn du dem Mächtigen Elefanten die Regierung in deinem Lande schenkst."

„Sakra di", juchzte die Giraffe, die gerade einen Hermelinmantel trug, „so ein prachtvolles Schloss habe ich noch nie gesehen. So etwas wollte ich schon immer haben." Dabei hob sie vor Begeisterung ihre Vorderhufe weit in die Höhe, sodass der Tiger die glitzernden Silbersterne im nachtblauen Samtfutter des prächtigen Hermelinmantels sehen konnte. „Ich denke, das ist ein guter Tausch."

Während die Giraffe überlegte, ob ein purpurroter Teppich mit goldenen Punkten oder ein königsblauer Teppich mit Rubinsternen für den Thronsaal besser aussähe, durfte der Mächtige Elefant bereits im Süden regieren.

So sind die vier Länder durch den trickreichen Tiger ein Land geworden – das Land der wilden Tiere. Um dieses Ereignis zu feiern, lud der Tiger alle wichtigen Tiere in den prachtvollsten Palast ein. Im Spiegelsaal kamen die tapfersten Bongo- und Kudu-Generäle zusammen, die stolz ihre Orden an der Brust trugen. Auch die Giraffe und das Nashorn waren mit ihrem Hofstaat angereist. Nur das Nilpferd war nicht da. Es hatte verschlafen. Der Tiger mit dem weißen Schnurrbart hatte seine weiße Fest-Uniform angezogen und pechschwarze Stiefel, die bis über die Knie gingen.

Der Mächtige Elefant wurde auf ein Podest geführt. Die Giraffe durfte die Rede halten. Sie warf den Schal ihres Hermelinmantels über die Schulter und sprach leicht näselnd:

„Heute haben wir allen Grund zu feiern. Das Land der wilden Tiere ist endlich geeint. Kein anderes Tier kann es besser führen als der Mächtige Elefant. Darum rufe ich ihn jetzt zum Kaiser aus. Es lebe der Kaiser! Es lebe das geeinte Land der wilden Tiere! Vivat!“

„Vivat! Es lebe der Kaiser! Es lebe das Land der wilden Tiere!“, riefen alle Festbesucher.

Die Kudus und Bongos hoben ihre Köpfe, auf denen ihre Hörner glänzten. „Vivat!“

Der Mächtige Elefant war glücklich. Er hatte sein Ziel erreicht. Nur zu gern ließ er sich feiern. Auch der Tiger war stolz. Zufrieden strich er sich durch seine langen Barthaare. Da er so viel geleistet hatte, wurde er von nun an Großer Tiger genannt.

Jetzt wusste Benno, wer der Tiger auf der magischen Karte war. Aber für das Loch in der Mitte hatte er immer noch keine Erklärung.

Der Löwe hatte ihm geschrieben, er solle zum Deutschen Historischen Museum gehen. „Wo ist das denn?“, überlegte Benno und blätterte in seinem Stadtführer. Nach einer Weile fand er das Gebäude in der Straße „Unter den Linden“. „Und wie komme ich dort hin?“, fragte er sich. Im Stadtführer entdeckte er eine U-Bahnkarte. Es gab eine Station, die ebenfalls „Unter den Linden“ hieß. Im Bahnhof fand er schnell die richtige U-Bahn und fuhr zur besagten Station. Das letzte Stück lief er zu Fuß.

Benno betrat das imposante Museumsgebäude. In einer großen Halle standen Statuen und Büsten. Die Decken und Wände waren reich verziert. Am Schalter kaufte er ein Ticket. Eine gewaltige Marmortreppe führte ihn zur Ausstellung in den ersten Stock.

Er sollte ein Gemälde suchen, dass „Die Kaiserproklamation“ heißt, erinnerte er sich. Suchend ging er durch einen Raum nach dem anderen. In einer großen Halle erregte ein riesiges Gemälde seine Aufmerksamkeit. Es zeigte einen großen Mann mit dickem Schnauzbart, weißer Uniform und schwarzen, überknielangen Stiefeln. Hinter ihm war eine große Menge uniformierter Männer zu sehen, die ihre Säbel schwangen. Der Mann mit der weißen Uniform hielt etwas in der Hand, aus dem er vorzulesen schien. Es schien an den Mann gerichtet, der erhöht vor ihm stand. Benno erinnerte sich an die Geschichte vom Parlament der wilden Tiere. Wurde dort nicht eine ähnliche Szene beschrieben?

Hatte der Große Tiger nicht genau dasselbe an wie der Mann in der Mitte des Bildes? In seiner Geschichte wurde der Mächtige Elefant zum Kaiser ausgerufen. „Das könnte das Bild sein, von dem der Löwe geschrieben hat“, sagte Benno zu sich und suchte an der Wand nach dem Namen. „Die Kaiserproklamation“, las Benno laut. „Ja, das ist es!“, freute er sich.

Hinter dem Bild würde er die nächste Anweisung finden, erinnerte sich Benno. Aber wie sollte das gehen? Das Bild war doppelt so hoch wie er und mindestens fünf Meter breit. Das konnte er nicht einmal bewegen. Aufmerksam betrachtete er den goldenen Rahmen. Da entdeckte er an der Unterseite, fast am Boden, eine kleine weiße Papierspitze. Sie lugte hinter dem goldenen Rahmen hervor. Benno trat näher an das Bild heran und prüfte, ob er beobachtet wurde. Glücklicherweise war er allein in der Halle. Dann zog er blitzschnell an der Papierspitze und holte einen dünnen weißen Briefumschlag hervor. Im gleichen Moment ertönte eine schrille Sirene. Die Alarmanlage ging los, weil Benno das Bild berührt hatte.

Schnell verließ er die Halle und rannte die Treppe hinunter. Noch ehe jemand den Alarm mit ihm in Verbindung bringen konnte, erreichte er den Ausgang. Den Umschlag hielt er fest in der Hand. Er lief bis zum nächsten Gebäude und versteckte sich hinter einer dicken Säule. „Puh, das hätte auch schiefgehen können“, schnaufte er und öffnete den Umschlag. Darin fand er wieder einen Brief.

Gut gemacht, Benno,

du hast bislang alle meine Briefe gefunden. Weiter so. Ich freue mich, dass dir diese vielleicht etwas ungewöhnliche Reise Spaß macht. Geh nun in das Parlament, ins Reichstagsgebäude. Auf dem Dach gibt es ein Restaurant. Dort ist auf meinen Namen ein Tisch reserviert. Schau aber vorher auf die magische Karte.

Ich freue mich auf ein Wiedersehen.

Dein

Helmut Löwe

Wartete der Löwe im Reichstags-Restaurant auf ihn? Benno war gespannt. Er holte schnell die magische Karte aus seiner Tasche. Beim Auseinanderfalten sah er zu seinem Erstaunen, dass das Loch in der Mitte verschwunden war. Stattdessen war dort ein altes, großes Gebäude abgebildet. Es sah dem Reichstagsgebäude, das er aus der Schule kannte, sehr ähnlich. Aber die Kuppel war anders. Sie war höher und reicher verziert. „Das muss das Parlament der wilden Tiere sein“, dachte er. Die Fortsetzung der Geschichte lag ebenfalls im Umschlag.

Kaiser
LAND DER WILDEN TIERE
Kanzler

3. DIE TIERE BAUEN EIN PARLAMENT

Der Mächtige Elefant war nun Kaiser und bestimmte alles allein im Land der wilden Tiere. Der Große Tiger half ihm dabei.

Wieder konnten die Tiere nicht mitreden und fingen an zu murren.

„Es ist zum Mäusemelken! Jetzt hat der Mächtige Elefant noch mehr Macht“, schimpften die Löwen.

„Eine elefantöse Frechheit! Lasst uns einen Aufstand machen“, forderten die Warzenschweine und wetzten durchs Land. „Elefantöse Frechheit!“, stachelten sie die Gnus und die Kaffernbüffel gegen den Mächtigen Elefanten auf.

Der Große Tiger hörte dies und kam auf eine trickreiche Idee. Er ging zum Mächtigen Elefanten und schlug ihm vor, dass die Tiere ein Parlament wählen sollten, in dem die Tiere nur scheinbar frei ihre Meinung sagen dürften. Natürlich sollte der Mächtige Elefant seine Macht nicht wirklich teilen müssen.

Der Mächtige Elefant übte gerade wieder mit seinen Kudus auf dem Schlossplatz marschieren.

„Abteiluuuung halt!“, trompete er und nickte dem Großen Tiger zu. „Sehr, sehr schlau! Machen!!!“ Schon drehte er sich wieder zu den Kudus um. „Abteiluuuung. Kehrt marsch!“

Während die Kudus im Gleichschritt marschierten, überlegte sich der Große Tiger, wie er alle Tiere von der Neuigkeit informieren könnte. Er ließ Flugblätter und Briefe verfassen, in denen geschrieben stand, dass die Tiere ein Parlament wählen durften. Die Tiere erfuhren es aus den Zeitungen, waren überrascht, aber glücklich und dachten nicht mehr an einen Aufstand.

Die Löwen, die Affen, die Warzenschweine, die Tiger und die Ameisenbären stellten Kandidaten auf, von denen dann die mit den meisten Stimmen ins Parlament gewählt wurden. Selbst die großen Tiere hatten Vertreter: ein paar Nilpferde, Nashörner und Giraffen.

Als sich die gewählten Tiere zum ersten Mal trafen, beschlossen sie, nun regelmäßig zu tagen. Jeder durfte nur scheinbar seine Meinung sagen. Da sie glaubten, dass der Große Tiger so viel für ihr Land getan hatte, ernannten sie ihn zum Kanzler. Er berichtete von nun an dem Mächtigen Elefanten aus dem Parlament.

Der Mächtige Elefant hatte für das Treffen des Parlaments ein Haus ausgesucht, in dem es nicht richtig schön war. Es war eine alte Porzellanmanufaktur. Der Raum, in dem die Tiere tagten, war ungemütlich und es roch nach Rauch. Außerdem war es staubig und laut. Deshalb fingen die Tiere nach einiger Zeit wieder an zu murren.

„Wir wollen ein anderes Parlamentsgebäude“, maulten die Warzenschweine.

„Genau. Ein großes Haus", forderten die Löwen und hauten ihre Tatzen auf die Tische.

„Und ein schönes", riefen die Schimpansen und trommelten mit ihren Händen und Füßen.

„Hier können wir wirklich nicht gut nachdenken", sagten die Giraffen und rümpften ihre Nase.

Der Große Tiger zwirbelte seinen Schnurrbart und dachte: „Wenn die Tiere ein schönes großes Gebäude bekommen, dann geben sie wieder Ruhe."

Er überzeugte den Mächtigen Elefanten, der daraufhin veranlasste, den besten Architekten der Welt zu suchen. Den schönsten Bauplan entwarf der Mandrill. Er stellte dem Kaiser ein herrliches Haus mit Säulen und einer glänzenden riesigen Kuppel vor – ein Haus, das zehnmal größer und schöner als die alte Porzellanmanufaktur war.

Alle Tiere waren mit dem Vorschlag des Mandrills sehr zufrieden. Das Parlament sollte direkt neben dem Tor der Tiere gebaut werden, das zum Schloss des Kaisers führte.

Das Tor der Tiere war berühmt. Es war prächtig und bestand aus sechs turmhohen Säulen, zwischen denen die Tiere durchgehen und -fahren konnten. Auf dem Tor leuchtete golden die Siegesgöttin mit vier Pferden. Das Volk war stolz, dass neben diesem imposanten Tor nun ihr Parlament gebaut werden sollte.

Das neue Parlamentsgebäude wurde groß und sehr reich verziert: mächtige Löwenköpfe, imposante Adler und Schlangen aus Stein schmückten die Außenfassade.

Unzählige Kronen zierten das Dach. Auf den vier Ecktürmen hoben jeweils zwölf Engelchen vier riesige Kronen in den Himmel. Das Prachtstück war aber die majestätische Kuppel, die kupfern und golden weit über die Stadt strahlte.

Es war ein wunderschöner Tag, als der Mächtige Elefant das Parlament einweihte. Er hatte extra seine schönste Pickelhaube mit dem dicken Federbüschel aufgesetzt. Mit Kraft hämmerte er den letzten Stein in das Haus und sagte bedeutungsvoll: „Ich, der Mächtige Elefant und Kaiser, tue hiermit kund, dass die Tiere von nun an in diesem Parlament tagen sollen. Das wird gut sein für das Land der wilden Tiere."

Die Geschichte gefiel Benno. „Auf zum Reichstag", sagte er zu sich, „ich will wissen, wie es weitergeht."

Der Reichstag war nicht weit entfernt. Er ging die Straße Unter den Linden entlang in Richtung Brandenburger Tor. Auf seinem Weg hielt er Ausschau nach dem berühmten Berliner Wahrzeichen. Benno staunte nicht schlecht, dass ein haushoher Fußball die Sicht auf das Bauwerk verdeckte. Diesen Fußball kannte er bereits aus Frankfurt. Es war ein Ausstellungsgebäude zur WM, in dem man die Schuhe von Bastian Schweinsteiger bestaunen konnte. Der Fußball war von Stadt zu Stadt gereist. Berlin war seine letzte Station.

Je näher Benno dem Brandenburger Tor kam, umso voller wurde es. Er ging durch das Tor zwischen den Säulen hindurch. Dann sah er hinter den Bäumen den Reichstag. Bei der Suche nach dem Eingang gab es die nächste Überraschung: Direkt vor dem Reichstag stand ein Fußballstadion. Ein richtiges, wenn auch kleines Stadion. Von den Wänden leuchteten Benno auf riesigen Postern die Fußballstars entgegen: Ballack, Kaká, Messi und Beckham. Das Gelände um das Stadion herum war eingezäunt. „World of Football" stand am Eingang, durch den die Menschen zahlreich hineinströmten. Das musste die Fußball-Arena sein, die extra zur WM in Berlin aufgebaut worden war, überlegte Benno. Er hatte die große Eröffnungsshow mit Thomas Gottschalk am Vorabend der WM im Fernsehen gesehen. Benno blickte durch den Zaun. In der „World of Football" konnte man kicken. Wahnsinn! Für einen kurzen Moment vergaß er den Brief des Löwen. Wie gern würde er jetzt hineingehen, um selbst ein bisschen zu spielen. Aber er hatte eine Aufgabe. Schließlich winkte als Belohnung eine Karte fürs Endspiel. Deswegen musste er jetzt ins Reichstagsgebäude.

Der Eingang war nicht zu übersehen. Eine Menschenschlange hatte sich davor gebildet. Nach zehn Minuten Wartezeit und der Sicherheitskontrolle fuhr Benno mit dem Fahrstuhl hoch aufs Dach. Dort sah er zum ersten Mal Berlin von oben. Er konnte direkt in die WM-Arena schauen, in der Jungen in seinem Alter auf kleinen Fußballfeldern in Vierergruppen gegeneinander kickten. Hinter dem Stadion musste sich das Bundeskanzleramt befinden und nicht weit davon entfernt lag der Hauptbahnhof, an dem er angekommen war. Auf der anderen Seite sah man den Berliner Fernsehturm. Lustigerweise war auch der als Fußball verkleidet. Dann bewunderte Benno die gewaltige Glaskuppel, in die man sogar hineingehen konnte. Dahinter fand er das Restaurant, dass der Löwe beschrieben hatte.

„Wie kann ich dir helfen?“, fragte ein Kellner am Eingang.

„Für mich ist ein Tisch bestellt. Auf den Namen Helmut Löwe“, entgegnete Benno.

Der Kellner brachte ihn zu seinem Platz. Aber der Löwe war noch nicht da. Benno wartete. Nach einer Weile kam der Kellner mit einem Teller. Darauf lag ein Umschlag. „Dein Großvater hat angerufen“, sagte er. „Er kann leider nicht kommen. Du sollst allein essen. Ihr würdet euch später treffen. Die Rechnung hat er schon bezahlt. Und das hier ...“, dabei gab er Benno den Umschlag, „... hat er soeben schicken lassen. Ich soll es dir geben.“

Benno bedankte sich und konnte sich schon denken, was er fand.

Lieber Benno,

jetzt bist du auf dem Dach des Deutschen Parlaments. Bevor ich es dir von innen zeige, solltest du schlafen gehen. Es ist spät geworden. Ich habe dir im Hotel Adlon auf meinen Namen ein Zimmer reserviert. Dort erfährst du, wie es weitergeht.

Aber iss erst einmal etwas. Es gibt Pasta mit Muscheln. Guten Appetit!

Dein

Helmut Löwe

In dem Moment, als er den Brief zu Ende gelesen hatte, stand auch bereits der Kellner mit einem dampfenden Teller neben ihm.

Nach dem Essen holte Benno die magische Karte aus seiner Tasche. Vielleicht hatte sich darauf wieder etwas geändert. Und so war es. Neben dem Parlamentsgebäude war ein Kreis abgebildet. Daneben Tiernamen. Er war sicher, die Erklärung würde sich im nächsten Kapitel der Geschichte finden.

LAND DER WILDEN TIERE
Kaiser
Kanzler
Löwen
Tiger
Große Tiere
Warzenschweine
Affen

4. DIE TIERE GRÜNDEN PARTEIEN

Im neuen Parlamentsgebäude saßen alle Tiere in einem Halbkreis nebeneinander: die Löwen und Leoparden neben den Tigern, die Paviane neben den Schimpansen, die Ameisenbären neben den Warzenschweinen.
Am Rande saßen die Nilpferde, die Giraffen und die Nashörner.

Der Große Tiger-Kanzler saß ganz vorn auf einer besonders schönen Bank. Von dort konnte er alle Tiere gut sehen. Neben ihm saß ein weißer Tiger mit einem Zylinder, der die Sitzungen führte.

Der Weiße Tiger legte feierlich seinen Zylinder ab und eröffnete die Sitzung.

Der Große Tiger begann seine erste Rede im neuen Parlament: „Liebe Tiere, ich bin froh, dass wir endlich ein so schönes Parlament haben. Hier können wir unsere Meinung äußern und dem Mächtigen Elefanten vorschlagen, was im Land der wilden Tiere gemacht werden muss."

„So, so. Schön wär's", grunzte ein Warzenschwein, das ein Monokel am rechten Auge trug. „Aber unser Kaiser spielt immer noch den Superchef, und tut so, als ob es uns nicht gäbe. Er hat noch nicht mal eine Ahnung, wie wir Warzenschweine aussehen. Wir Warzenschweine wissen viel besser, was gut für unser Land ist."

„Warzenschweine wissen besser, was für uns gut ist? Ha, ha, ha!“, wandte ein Pavian ein und grinste. „Da bekomme ich Warzen vor lauter Lachen! Was wisst ihr denn von den kleinen Tieren? Weißt du zum Beispiel, dass die Heuschrecken nicht genug zum Essen haben? Und weißt du, dass die großen Tiere auf den Häusern der Termiten herumhampeln? Nichts weißt du, du Warzenschwein, außer dass du Warzen hast.“

Während dem Warzenschwein vor Wut das Monokel aus dem Auge fiel und es rot anlief, ging ein Löwe ans Rednerpult.

„Wir wissen doch, dass die Warzenschweine nicht über ihren Tellerrand hinausgucken können“, sagte er, „und die Affen eigentlich auf die Bäume gehören und nicht ins Parlament. Wir Löwen denken an alle. Ob klein, ob groß, ob dick oder dünn, ob mit Warzen oder ohne.“

Dem Großen Tiger passten diese Reden gar nicht, hatte er doch dem Mächtigen Elefanten versprochen, die Tiere im Parlament unter Kontrolle zu halten. Er wollte dafür sorgen, dass der Kaiser weiterhin allein bestimmen konnte. So überlegte er eine Weile, zog dabei an seinem Schnurrbart und hatte wieder eine Idee: Er gründete die Tigerpartei, damit alle Tigerpartei-Mitglieder immer für den Großen Tiger stimmten. So würde er bei den Abstimmungen die Mehrheit bekommen.

Die anderen Tiere merkten, dass diese Idee prima war, und schlossen sich auch zusammen. Sie gründeten, wie der

Große Tiger, ihre eigenen Parteien. Die Schimpansen, die Paviane und die Orang-Utans gründeten die Affenpartei; die Löwen, die Leoparden und Geparden die Löwenpartei. Die gewitzten Warzenschweine hatten ihre eigene Partei. Dort waren auch ein paar Hängebauchschweine vertreten. Und die Nashörner, Nilpferde und Giraffen gründeten natürlich ebenfalls ihre Partei: die Partei der großen Tiere.

Im Parlament gab es von nun an unterschiedliche Parteien, die alle bei Abstimmungen versuchten, die Mehrheit zu bekommen. Der Große Tiger passte auf, dass keine der anderen Parteien mächtiger wurde als seine Tigerpartei.

Jetzt verstand Benno die neue Abbildung auf der magischen Karte. Die Tiere saßen im Parlament in Grüppchen zusammen, weil sie sich zu Parteien zusammengeschlossen hatten. Jede hatte andere Ziele und Interessen. Und die große Karte zeigte, wie das Land der wilden Tiere regiert wurde. Ganz oben gab es den Kaiser. Keiner war mächtiger als er. Der Kaiser hatte einen Kanzler, den Großen Tiger. Der half dem Kaiser beim Regieren und außerdem hielt er die Tiere im Parlament unter Kontrolle. Das Volk, das ganz unten abgebildet war, wählte Tiere ins Parlament, die sie vertreten sollten. Und das ging am besten über Parteien, deren Mitglieder jeweils dieselbe Meinung vertraten. So war das Wählen einfacher für die Tiere. Sie wählten die Partei, die ihnen am besten gefiel.

„Aber eigentlich kann das Volk gar nicht richtig mitbestimmen“, überlegte Benno. „Der Kaiser entscheidet doch sowieso alles. Genau! Im Kaiserreich ist das Parlament ziemlich nutzlos.“ Benno war stolz auf seine Erkenntnis.

Er packte die Karte wieder ein und erkundigte sich dann beim Kellner nach dem Hotel Adlon. Es war gleich hinter dem Brandenburger Tor. Er verließ das Restaurant, schaute vom Dach des Reichstags noch ein paar Augenblicke den Jungen in der „World of Football“ von oben zu und ging dann geradewegs zum Hotel.

Das Adlon war bombastisch. Noch nie war Benno in einem so vornehmen Hotel gewesen. Am Eingang begrüßte ihn ein Portier in einer wunderschönen Uniform, der ihm die Tür aufhielt.

Benno ging zur Rezeption. „Hier ist auf den Namen Helmut Löwe ein Zimmer für mich reserviert.“

„Oh“, sagte die Dame hinter dem Schalter und winkte einen Pagen heran, „wir haben Sie schon erwartet.“ Benno war noch nie gesiezt worden. „Sie haben die Kaisersuite“, näselte die Frau hinter dem Schalter.

Benno machte große Augen. Die Kaisersuite. Wow! Damit hatte er nicht gerechnet.

Ein Page mit einer noch beeindruckenderen Uniform begleitete ihn zu seinem Zimmer. Es bestand aus zwei riesengroßen Räumen. Im ersten standen große bequeme Sessel, ein Tisch und wunderschöne antike Möbel. Vom Fenster konnte Benno das Brandenburger Tor mit dem riesigen Fußball davor sehen. Im zweiten Raum befand sich ein gewaltiges Himmelbett.

So etwas hatte er vorher nur in Museen gesehen. Es war so groß, dass er darin sowohl längs als auch quer liegen konnte. Auf der goldfarbenen Überdecke lag ein Umschlag. Überall in der Suite prangten Goldverzierungen. Frische Blumen standen auf den Tischen. Der Page machte eine Verbeugung und ließ Benno allein.

Benno hüpfte vor Freude durch das ganze Zimmer, bevor er sich auf das Bett fallen ließ. Plötzlich fiel ihm ein, dass er seine Eltern noch gar nicht angerufen hatte. Er nahm sein Handy aus der Tasche und wählte die Telefonnummer seiner Mutter.

„Hallo Mama. Bei mir und Moritz ist alles okay", log Benno, „wir haben für das morgige Spiel noch ein bisschen trainiert."

„Das ist lieb, dass du dich meldest. Ich wollte gerade bei dir anrufen."

Benno schoss das Blut in den Kopf. Er musste auf jeden Fall verhindern, dass seine Eltern an diesem Wochenende auf die Idee kamen, bei Moritz' Eltern anzurufen, falls er sein Handy mal nicht klingeln hörte. „Ich rufe euch am Sonntag wieder an und erzähle, wie es gelaufen ist. Wenn ich nicht drangehe, sprich mir auf die Mailbox. Ich ruf zurück."

Dann wünschten sich beide eine Gute Nacht und schickten einen Kuss durchs Telefon. Als Benno auflegte, wischte er sich den Schweiß von der Stirn. „Hoffentlich geht das gut."

Endlich konnte er den Umschlag, der auf dem Bett lag, öffnen. Darin fand er ein weiteres Teil aus diesem schönen weichen Material und ein neues Kapitel der Geschichte. Er holte die anderen Stücke der Karte aus der Tasche, breitete sie auf dem Bett aus und versuchte, das neue Teil dranzusetzen. Es passte.

Die alte Karte hatte sich verändert. Es waren neue Länder dazugekommen. Das Land der wilden Tiere hatte mehrere Nachbarländer: im Osten das Bärenland und im Westen das Hühnerland. Im Nordwesten befand sich eine Insel im Meer. Die war mit Robbenland bezeichnet. Und am linken unteren Rand war ein großer Landstrich eingezeichnet, der Vogelland hieß.

VOGELLAND
ROBBENLAND
HÜHNERLAND

Kaiser
LAND DER WILDEN TIERE
BÄRENLAND
Kanzler
Löwen
Tiger
Große Tiere
Warzenschweine
Affen

„Jetzt ist die magische Karte vollständig“, hörte Benno plötzlich eine tiefe, sanfte Stimme. Er erschrak. Im Halbdunkel saß auf einem Sessel am Fenster der Löwe Helmut mit einer Tüte Süßigkeiten und blickte lächelnd zu ihm herüber.

„Ich dachte, ich treffe dich im Restaurant“, sagte Benno, froh, den Löwen wiederzusehen, „aber hier ist es auch nicht schlecht.“

„Auf deiner Reise wird sich die magische Karte immer wieder verändern“, erklärte Helmut. „Ich bin gespannt.“ Benno freute sich. „Bekomme ich wirklich eine Karte für das Endspiel?“

„Warte ab! Erst musst du deine Aufgaben lösen“, antwortete der Löwe.

„Wohin muss ich denn als Nächstes?“

„Geh morgen zum Schlossplatz und finde das alte Portal des Schlosses. Der Pförtner gibt dir das nächste Kapitel.“

„Wo ist der Schlossplatz?“, fragte Benno.

„Geh rechts aus dem Hotel. Es ist der Platz am Ende der Straße.“

Benno schaute aus dem Fenster auf der Suche nach diesem Platz. „Gibt es nur ein Schlossportal?“, fragte Benno. Als er keine Antwort bekam, drehte er sich zum Sessel um. Er war leer. Benno lief zur Tür, trat auf den Flur und schaute sich nach allen Seiten um. Der Löwe war wieder verschwunden.

Als er zurück ins Zimmer ging, entdeckte er etwas auf dem Sessel, auf dem Helmut Löwe vorher gesessen hatte. Er nahm es hoch. Es hatte die Größe einer kleinen Spielkarte und war, wie die magische Karte, aus dem ihm bekannten weichen Material. Darauf war ein majestätischer Elefant abgebildet. Er hatte eine seltsame Frisur und einen Schnurrbart, dessen Enden im rechten Winkel nach oben gezwirbelt waren. An seiner edlen schwarzen Uniform prangten viele Orden. „Wer ist das?“, fragte Benno sich und ging mit dem Bild zurück zum Bett.

Dort hatten sich alle Teile der magischen Karte von selbst zusammengesetzt. Aber die Abbildung des Mächtigen Elefanten war verschwunden. Und statt des Großen Tigers war ein anderer Tiger abgebildet.

Benno nahm das Bild, das er soeben gefunden hatte, und legte es auf die Stelle, an der vorher der Mächtige Elefant zu sehen war. Wie von Zauberhand wurde es eins mit der magischen Karte. „Die Geschichte geht weiter“, vermutete Benno und holte aus dem Umschlag, der immer noch auf dem Bett lag, das fünfte Kapitel.

VOGELLAND
ROBBENLAND
HÜHNERLAND

Kaiser
LAND DER WILDEN TIERE
BÄRENLAND
Kanzler
Löwen
Tiger
Große Tiere
Warzenschweine
Affen

5. DER LAUTE ELEFANT WILL DER STÄRKSTE SEIN

Der Große Tiger war schon lange Zeit Kanzler, als der Mächtige Elefant eines Tages starb. Alle Tiere im Land trauerten um ihn. Der Mächtige Elefant hatte einen Sohn. Alle nannten ihn den Lauten Elefanten, weil er nicht leise sprechen konnte, sondern immer brüllte. Er hatte einen lustigen Schnurrbart, den er an beiden Enden von seinen Kammerdienern, den Erdmännchen, zusammendrehen ließ, sodass sie nach oben zeigten. Allein konnte er das nicht, denn er war zu ungelenkig und seine Füße zu dick. Nach dem Tod seines Vaters wurde er nun der neue Kaiser. Hochnäsig, aber majestätisch zeigte er sich dem Volk.

Über das Parlament ärgerte sich der Laute Elefant schon seit Langem. Wenn der Große Tiger

ihm von dort berichtete, schimpfte er lauthals: „Das Parlament ist wie ein Affenhaus. Die Tiere sollen ihren Mund halten. Ich bin der Kaiser und entscheide, was in unserem Land geschieht.“

Immer wenn der Laute Elefant so rumbrüllte, wackelten seine hochgezwirbelten Schnurrbartenden.

Weil er herrschsüchtig war und alles anders machen wollte als der Mächtige Elefant, war er auch nicht mehr mit dem Großen Tiger zufrieden. Eines Tages ließ er ihn in

seinen Thronsaal kommen. Während sich der Große Tiger verbeugte, donnerte der neue Kaiser mit seiner lauten Stimme:

„Hau ab, Großer Tiger! Du bist zu alt für das Geschäft! Ruh' dich doch aus und lass mich regieren!“

Der Kanzler wurde vom Lauten Elefanten einfach so entlassen. Traurig verließ der Große Tiger das Schloss und fuhr enttäuscht in seiner Kutsche auf sein Landgut.

Von diesem Tag an saß ein anderer Tiger auf der schönen Bank im Parlament, der als Kanzler dem Lauten Elefanten beim Regieren half.

Die Meinung der Tiere im Parlament war dem Kaiser völlig egal. Der neue Kanzler war lange nicht so schlau wie der Große Tiger, und so machte der Laute Elefant das, was er wollte.

„Mir hat keiner etwas zu sagen“, dachte er.

Laut verkündete er: „Das Land der wilden Tiere soll das stärkste Land der Welt werden.“

So ließ der Laute Elefant kurzerhand seine Kudu- und Bongo-Armee aufstocken, die immer größer und größer wurde.

„Meine Kudus sind die stärksten Soldaten der Welt. Kein Tier ist tapferer als meine Bongo-Soldaten", trötete er stolz und hob arrogant seinen Rüssel.

Das irritierte und störte die Tiere, die in den Nachbarländern friedlich lebten. Hinter dem großen Fluss im Westen lag das Hühnerland. Dort gackerten weiße, braune und gefleckte Hühner aufgeregt: „Eh bien, du dümmer Elefant. Bleib in deine Land, sonst 'acken wir dir in deine dicke Beine."

Im Norden lebten die Robben auf einer großen Insel im Meer – im Robbenland. Auch sie waren höchst beunruhigt. „Well, Sir Elefant. Wenn du nicht aufhörst, so laut rumzutröten, werden wir dir deinen Rüssel stopfen."

Und im Osten lag das große, weite Bärenland. Dort lebten die Bären bislang gemütlich. Aber auch sie fühlten sich bedroht durch den Lauten Elefanten.

„Stoi Elefantonowitsch! Wir haben gefährliche Tatzen. Togda, bleib in deinem Land!"

Doch der Laute Elefant nahm die Drohungen nicht ernst. So kam es, wie es kommen musste. Die Hühner stellten vorsichtshalber eine Hühnerarmee auf, die Robben holten ihre Seelöwensoldaten, um sich zu schützen, und im Bärenland wurde eine Braunbären-Armee an der Grenze zum Land der wilden Tiere aufgestellt.

Aber der selbstgefällige Laute Elefant ließ sich nicht einschüchtern.

Eines Tages ging ein Vetter des Lauten Elefanten im Wald spazieren. Plötzlich traf er auf einen kleinen Waschbären, der sich auf dem Weg ausruhte.

„Weg da, du dummer Bär", rief er, „ich bin der Vetter vom Lauten Elefanten. Mach sofort Platz!"

Der kleine Waschbär fand das sehr ungehörig und blieb trotzig sitzen. Daraufhin wollte der Elefant ihn mit seinen dicken Füßen wegstoßen. Doch das ließ der kleine Waschbär sich nicht gefallen und hieb den Elefanten mit der Tatze kräftig auf seinen empfindlichen Rüssel.

„Aua, aua, aua", schrie der Elefant „das sollst du büßen. Das sage ich meinem Vetter, dem Kaiser."

Der Laute Elefant war außer sich vor Wut, als er das hörte. Er schickte sofort seine Bongo-Armee ins Bärenland, um den Bären eine gehörige Tracht Prügel zu verabreichen.

„Ihr werdet schon sehen, welches Land das stärkste ist", schimpfte er, während seine Schnurrbartenden wütend hoch- und runterhüpften.

Die Hühner erfuhren diese Neuigkeiten aus der Zeitung. Sie fingen wieder an, aufgeregt zu gackern. So laut, dass es bis ins Land der wilden Tiere herüberschallte.

„Ruhe, ihr blöden Hühner!", schrie der Laute Elefant. Damit sie endlich aufhörten, überfiel er mit seiner Kudu-Armee kurzerhand das Hühnerland.

„Shocking! Dieser Elefant ist kein Gentleman, was?!" entrüsteten sich die Robben, die Seehunde und die Walrosse im Robbenland. Sofort schickten sie ihre Seelöwenarmee, um den aufgeregten Hühnern und den Bären zu helfen.

Bald wurde überall auf der Welt gekämpft. Während der Laute Elefant mit seinen Kudus das Hühnerland attackierte und die Bongo-Soldaten mit den Bären kämpften, musste der Laute Elefant sich nun auch gegen die Seelöwen wehren, die vom Meer aus angriffen.

Aber der Laute Elefant und seine Kudus und Bongos waren wirklich stark. Er verlor keine Schlacht.

Doch hatte er die Rechnung ohne die Großen Vögel gemacht. Die wohnten in einem wundervollen weiten Land jenseits des Ozeans – im Vogelland. Die Großen Vögel waren mit den Hühnern, den Robben und den Bären dick befreundet. Und als die Freunde sie um Hilfe riefen, kamen sie in Scharen angeflogen und kämpften mit ihnen gegen den Lauten Elefanten.

Zusammen waren sie viel, viel stärker als der Kaiser mit seiner Kudu-Bongo-Armee.

Doch der Laute Elefant war dickköpfig und wollte nicht aufgeben. Er befahl den Kudus und den Bongos, weiterzukämpfen. Obwohl sie schon sehr müde waren.

Benno war, nachdem er das Kapitel gelesen hatte, vor lauter Müdigkeit eingeschlafen. Als er wieder aufwachte, war es schon hell. Er lag noch in seiner Kleidung von gestern mitten auf dem Himmelbett, sein Gesicht auf der magischen Karte.

„Das war super gestern", sagte er sich. „Heute muss ich zum Schlossportal." Er ging ins Badezimmer, wusch sich und putzte die Zähne. Dann klopfte es an der Tür. Zwei Hotelangestellte brachten Benno auf einem Rollwagen das Frühstück. Es waren die schönsten und leckersten Sachen, die man sich vorstellen kann. Ein Teller voller Mangos, Papayas, Ananas und Litschis. Ein Teller mit feinstem französischem Käse. Italienische Salami, russischer Kaviar, norwegischer Lachs und einen Teller mit leckerem Rührei. Dazu verschiedene Sorten Brot, leckere Brötchen und warme Croissants. Der warme Kakao wurde aus einer silbernen Kanne serviert und die Tassen waren aus edelstem Porzellan. Die Kellner verbeugten sich beim Hinausgehen. Benno genoss sein Frühstück mit großem Appetit.

Der Schlossplatz war nicht weit vom Hotel. Dort fand an diesem Morgen eine Veranstaltung statt. Ungefähr 500 Leute hörten einer Band zu, die auf der Bühne stand. Menschen aus aller Welt waren da: Japaner, Brasilianer, Afrikaner, Araber, Holländer, Engländer, Franzosen, Schweden und natürlich viele Deutsche. Alle wirkten fröhlich und ausgelassen. „Wahrscheinlich eine WM-Veranstaltung", dachte Benno. Er beobachtete die Menschen, wie sie tanzten und lachten. Sie hatten offensichtlich viel Spaß.

Benno suchte das Schloss. Er entdeckte jedoch keins. Auf der anderen Straßenseite stand der Berliner Dom und ein Museum. Ein eigenartiges, halb abgerissenes großes Gebäude am Platzende erregte seine Aufmerksamkeit. „Palast der Republik“, las Benno in seinem Stadtplan. „Das kann es nicht sein. Ein Schloss sieht doch anders aus. Der Löwe hat von einem alten Schlossportal gesprochen. Das wird sich bestimmt nicht an einem Gebäude befinden, das gerade abgerissen wird.“ Doch keins der Gebäude am Schlossplatz sah wie ein Schloss aus.

Benno überlegte. Er entschloss sich, Leute, die vorübergingen, zu fragen. Die Antwort, die er bekam, war immer dieselbe: „Keine Ahnung!“

Die Musik auf dem Platz wurde lauter. Dabei konnte Benno nicht klar denken. Deshalb entfernte er sich von der Mitte des Platzes und lehnte sich am Rande an eine Hauswand, um zu überlegen, was er tun sollte.

„Kann ich dir helfen?“, hörte er unverhofft eine Stimme neben sich. Ein netter älterer Mann hatte ihn angesprochen.

„Ich suche das Schloss“, antwortete Benno.

„Aber junger Mann“, sagte der Mann und lachte, „das alte Kaiserschloss ist doch schon vor vielen Jahren abgerissen worden. Das Einzige, was davon übrig geblieben ist, ist das hier.“ Dabei schlug er mit der flachen Hand auf die Wand, an der Benno lehnte.

Benno drehte sich um und trat ein Stück zurück, um die Wand besser betrachten zu können. Sie war ein Teil eines

Hauseingangs und sah ungewöhnlich aus. Als gehörte sie zu einem alten Schloss.

„Der Eingang hat früher zum Schloss des Kaisers gehört. Dann wurde er ein Teil von diesem Haus hier: dem ehemaligen Staatsratsgebäude der DDR. Ich bin hier Pförtner“, sagte der Mann.

Bennos Augen leuchteten. „Ich soll hier einen Brief abholen.“

„Aaah, dann bist du sicherlich Benno.“ Der Mann holte einen Umschlag aus seiner Jacke. Benno nahm den Brief und bedankte sich. Trotz der lauten Musik auf dem Platz suchte er die nächste Bank und konnte es kaum erwarten, das nächste Kapitel zu lesen.

6. DIE TIERE JAGEN DEN LAUTEN ELEFANTEN FORT

Als die Tiere im Parlament erkannten, wie elefantös dämlich sich der Laute Elefant verhielt, fingen sie an zu protestieren.

„Wir wollen keinen Krieg! Und wir wollen nicht mehr das tun, was der Kaiser will“, stellten die Affen klar.

„Genau! Wir wollen uns wieder mit den Tieren aus den anderen Ländern vertragen“, rief ein Warzen-schwein verzweifelt.

„Richtig! Wir wollen das machen, was die Mehrheit aller Tiere will“, brummten die Löwen.

Nur noch die Partei der großen Tiere hielt zum Lauten Elefanten.

Auf den Straßen gab es immer größere Versammlungen und alle kamen aus ihren Häusern. Gnus und Antilopen zogen mit Fahnen herum. Die Gazellen organisierten Streiks und sogar die Heuschrecken und die winzigen Moskitos gingen demonstrieren, um ihrem Ärger lauthals Luft zu machen.

„Der Elefant muss weg! Der Elefant muss weg!“, riefen sie in Sprechchören und marschierten zum Kaiserschloss.

Als sich die aufgebrachte Menge dem Schloss näherte, fasste sich der neue Tiger-Kanzler endlich ein Herz. Er ging zum Lauten Elefanten, der gerade mit der Kaiserin und seinen Kindern beim Mittagessen war. „Mein Kaiser, entschuldige, dass ich dich störe, aber es ist sehr wichtig. Die Tiere wollen nicht mehr von dir regiert werden. Du musst abdanken.“

„Was? Ich und abdanken? Nie!“, donnerte der Laute Elefant. Dabei spuckte er vor Zorn die Erbsen aus dem Rüssel. „Im Land der wilden Tiere wird gemacht, was ich bestimme. Basta!“

„Ich glaube, die Tiere hören nicht mehr auf dich, mein Kaiser“, sagte der Tiger. Er duckte sich, um nicht noch einmal von den Erbsen getroffen zu werden, und zeigte auf das Fenster. Das demonstrierende Volk war nicht mehr zu überhören und zu übersehen.

Als der Laute Elefant hinausschaute und die Menge immer näher kommen sah, bekam er plötzlich Angst. In Panik nahm er die Kaiserin und seine beiden Kinder und floh durch einen Hinterausgang aus dem Schloss, so schnell er konnte.

Der Tiger ließ schnell verbreiten, dass der Laute Elefant abgedankt habe und aus dem Land der wilden Tiere geflohen sei.

Als das Volk vor dem Schloss diese Neuigkeit hörte, war es außer sich vor Freude.

„Der Laute Elefant ist weg! Der Laute Elefant ist weg!", jubelten die Tiere.

Sie liefen vom Schloss durch das berühmte Tor der Tiere zum Parlament. Dort tanzten die Löwen mit den Affen, die Termiten mit den Heuschrecken, die Gnus mit den Kaffernbüffeln und die Gazellen hüpften vor Freude hoch in die Luft.

Plötzlich erschien der Mutige Pavian auf einem Balkon des Parlaments. Man erkannte ihn schon von Weitem an seiner Glatze. Er war berühmt für seine Reden im Parlament. Mit einer Handbewegung bat er die Menge um Ruhe und sprach:

„Tiere im Lande, furchtbar waren die Kriegsjahre. Der Kaiser, der immer so stark sein wollte, ist in Wirklichkeit ein Schwächling. Er ist mit seiner Familie abgehauen. Ihr, das Volk, habt über ihn gesiegt. Jetzt können wir uns wieder mit den Nachbarländern vertragen. Alles,

was wir tun, tun wir für euch, liebes Volk. Alles, was wir machen, bestimmt ihr. Das Alte und Morsche ist zusammengebrochen. Es lebe das Neue! Es lebe die Republik der Tiere!"

„Es lebe die Republik der Tiere!", wiederholte das Volk und tanzte die ganze Nacht hindurch.

Dann schickten die Tiere im Parlament eine Delegation der Affen ins Hühnerland. Die wurde geleitet vom Starken Schimpansen. Der war klein, untersetzt und hatte einen etwas zu kurzen Hals. Aber er war zäh und stark. Wenn er mit seiner kraftvollen Stimme eine Rede hielt, hörten die Tiere andächtig zu. Ins Hühnerland waren auch die Robben, die Bären und die Großen Vögel gekommen, um Frieden zu schließen. Und weil alle Tiere den Friedensvertrag im Hühnerland unterzeichneten, nannten sie ihn den „Hühnerfrieden".

Zu Hause wurden die Spechte beauftragt, in den Giebel des Parlaments die Inschrift „Dem Volke der Tiere" einzuhämmern. Von nun an sollte nie mehr ein Elefant oder ein anderes Tier alleine die Tiere beherrschen können.

Die Musik auf dem Schlossplatz wurde immer lauter. Die Menschenmenge stampfte. Im Umschlag steckte auch ein Brief vom Löwen, den Benno nun herausholte.

Lieber Benno,

das war das Ende des Kaiserreichs. Jetzt grün-
den die Tiere eine Republik. Wenn du wissen
willst, wie sie das machen, geh zum Parlament auf
die Besuchertribüne. Dort wirst du das nächste
Kapitel finden.

Dein

Helmut Löwe

„Das Ende des Kaiserreichs“, wiederholte Benno. Er kramte aus seiner Tasche die magische Karte hervor. Die hatte sich gewaltig verändert:

Der Laute Elefant und der Tiger-Kanzler waren verschwunden. Oben war nun ein Schimpanse zu sehen. Unter ihm stand das Wort „Präsident“. Im zweiten Bild war ein Warzenschwein mit einem gestreiften Anzug abgebildet.

„Das muss der neue Kanzler sein“, dachte Benno.

Und es gab Änderungen bei den Parteien. Benno musste genauer hinsehen, um die Unterschiede festzustellen. Es waren neue Tiere dazugekommen: Krokodile und Schakale. „Ich bin gespannt auf die Fortsetzung“, murmelte Benno.

VOGELLAND
ROBBENLAND
HÜHNERLAND

Präsident
LAND DER WILDEN TIERE
BÄRENLAND
Kanzler
Schakale
Löwen
Tiger
Große Tiere
Warzenschweine
Affen
Krokodile

Er stand auf, nahm seine Tasche und ging zu Fuß zum Parlament. Den Weg kannte er inzwischen. Heute war die Menschenmenge am Brandenburger Tor und vor dem Reichstag noch größer als am Vortag. Ein Gewühl aus schwarz-rot-goldenen Fahnen, geschminkten Gesichtern und lustigen Hüten.

„Die wollen bestimmt das Spiel Deutschland gegen Portugal sehen", dachte Benno und hoffte, das Spiel irgendwo im TV sehen zu können. Er bahnte sich einen Weg durch die Menge und ging in den Reichstag. An der Anmeldung erfuhr er, dass sein Name für die Besuchertribüne vorgemerkt worden war. „Der Löwe denkt tatsächlich an alles", freute sich Benno.

Von der Tribüne konnte man den Plenarsaal bestens sehen. Dort fand gerade eine Debatte statt. Ein Politiker hielt eine Rede. Es gab nur noch einen freien Platz am Ende einer Sitzreihe ziemlich weit hinten. Um zu dem Platz zu gelangen, musste er sich durch die Reihen quetschen. Dabei stolperte er fast über die schweren schwarzen Stiefel eines jungen Mannes. Als er sich entschuldigte und den Mann dabei anschaute, erschrak er. Der Mann sah überhaupt nicht freundlich aus. Er hatte einen kahl rasierten Kopf, trug eine Bomberjacke und beobachtete den Redner mit finsterem Blick. Neben dem kahl rasierten Mann saßen noch zwei andere Männer mit klobigen schwarzen Stiefeln, bemerkte Benno, als er weiterging.

Er setzte sich und wandte seine Aufmerksamkeit auf den Redner. Es ging anscheinend um ein neues Gesetz für Ausländer. Benno reckte sich, um besser sehen zu können, und schob seine Beine unter den Sitz. Dabei berührten seine Füße etwas. Benno bückte sich, tastete mit den Händen und fand einen Umschlag. „Ich wusste es doch“, sagte er leise zu sich selbst, „das ist bestimmt das nächste Kapitel.“ Er hatte recht.

7. DER STARKE SCHIMPANSE WIRD PRÄSIDENT

Im Land der wilden Tiere kehrte ein wenig Ruhe ein. Sie hatten Frieden mit den Nachbarländern geschlossen und zum ersten Mal durften alle Tiere des Landes frei wählen. Sie konnten nun wirklich bestimmen, wer sie im Parlament vertreten sollte. Das war neu und viel komplizierter, als sie gedacht hatten.

In dem neu gewählten Parlament waren mehr Tiere vertreten als vorher. Es gab wieder die Affenpartei, die Löwenpartei und die Partei der großen Tiere. Die Warzenschweine hatten sich jedoch in die Partei der schnellen Warzenschweine umbenannt. Bei Wettrennen waren sie meistens die Ersten und so glaubten sie, dass sie mit dem neuen Namen mehr Stimmen bekommen würden. Aus der Tigerpartei des Großen Tigers war die Neue Tigerpartei geworden.

Zusätzlich wurden zwei weitere Parteien gegründet, in denen sich die gefährlichen Tiere zusammengeschlossen hatten: die Krokodilpartei und die Partei der unbesiegbaren Schakale. Doch die beiden konnten sich überhaupt nicht leiden. Sie schimpften und stänkerten vom ersten Tag an gegeneinander. Die Krokodile rissen ihre Klappe weit auf:

„Wählt uns Krokodile in die Regierung! Nur wir werden dafür sorgen, dass auch die kleinsten Tiere ihr Recht bekommen."

„Haltet die Klappe!", brüllten die Schakale zurück. „Tiere, glaubt ihnen kein Wort! Die Krokodile wollen in Wahrheit die kleinen Tiere auffressen. Schaut doch nur ihre großen Zähne an."

Da sie keinen Kaiser mehr hatten, mussten die Tiere im Parlament einen Präsidenten wählen.

Die Sitzungen leitete nun der Gutmütige Orang-Utan. Er trug mit Vorliebe einen schwarzen Gehrock und eine weiße Weste.

„Zum ersten Mal in unserer Geschichte dürfen wir einen Präsidenten wählen", erklärte er. „Macht eure Vorschläge und sagt eure Meinung. Die Affen fangen an."

„Der Starke Schimpanse soll Präsident werden", sagte der Mutige Pavian mit der Glatze. „Er hat schon mit den Hühnern den Frieden verhandelt. Und er ist schlau."

„Wir stimmen zu", kam es von einem Löwen. „Er ist zwar ein Affe, aber er ist stark. Und wir brauchen einen starken Präsidenten."

„Meine Damen und Herren. Vielen Dank, lieber Gutmütiger Orang-Utan, dass du mir das Wort erteilt

hast", sagte ein Warzenschwein, das immer besonders höflich war. Es war das eleganteste Warzenschwein, weil es immer einen schicken Anzug mit Streifen trug. Deswegen nannten die Tiere es Vornehmes Warzenschwein. „Nur der verehrte und Starke Schimpanse kann uns wirklich würdevoll vertreten. Das hat er im Hühnerland bewiesen. Wir Warzenschweine stimmen auch für ihn."

„Wozu? Wir brauchen keinen Präsidenten!", fauchten plötzlich die Krokodile. „Wir wollen lieber einen Rat der Krokodile wählen."

„Rat der Krokodile? Was soll das denn sein?“, wandte ein Nashorn aus der Partei der großen Tiere ein und schüttelte sich. „Lasst uns doch ein Nashorn zum König wählen.“

„Präsident, Rat der Krokodile, König! Das Land der wilden Tiere braucht eine strenge Führung und keine endlosen Debatten. Lasst uns die Wahl abbrechen!“, meuterten die Schakale.

Es entstand ein Tumult.

„Ruhe! Ruhe!“, rief der Gutmütige Orang-Utan. „Alle Tiere können ihre Meinung sagen. Aber der Reihe nach! Und wenn ihr nicht ruhig bleibt, dann lasse ich den Saal räumen. RUHE!“

Langsam wurde es stiller. Als man nur noch das Hüsteln der Giraffen und das Grummeln der Schakale hörte, verkündete der Gutmütige Orang-Utan: „So, und nun stimmen wir ab.“

Da die Affen, die Löwen und die Warzenschweine eine große Mehrheit im Parlament hatten, wurde der Starke Schimpanse zum Präsidenten gewählt.

„Danke, vielen Dank an alle Tiere , die mich gewählt haben“, sagte der Starke Schimpanse und reckte seinen kurzen Hals. „Ich will versuchen, ein guter Präsident zu sein.“

Aus Protest standen die Krokodile von ihren Plätzen auf.

„Schaut! Die Krokodile!“, rief der Starke Schimpanse den anderen Tieren mit seiner kraftvollen Stimme zu, als

er das sah. „Sie wollen wohl den Saal verlassen. Fallt bloß nicht auf sie rein! Sie wollen das Parlament der wilden Tiere wieder abschaffen und ihr werdet nicht mehr mitbestimmen können."

Dann wandte er sich an die Schakale und an die großen Tiere. „Ihr seid auch nicht besser. Ihr wollt einen Führer, der bestimmt, was gemacht werden soll. Nein! Nie wieder soll unser Land von nur einem Tier beherrscht werden. Es lebe die Republik!"

Die Affen, Löwen, Warzenschweine und Tiger klatschten begeistert Beifall.

„Und nun", unterbrach der Gutmütige Orang-Utan, „wollen wir auch den Kanzler bestimmen."

Weil das Vornehme Warzenschwein bei seinen Reden einen so vertrauenswürdigen Eindruck machte, wurde es zum Kanzler der jungen Republik gewählt. Die Krokodile und Schakale pfiffen von ihren Sitzen. Trotzdem verbeugte sich das Vornehme Warzenschwein zum Dank.

„Das wird nicht leicht werden", raunte der Starke Schimpanse dem Vornehmen Warzenschwein nach der Sitzung zu. Sie waren in ein Gasthaus gegangen, um ihre Wahl zu feiern.

„Lieber Schimpanse, wir müssen gewaltig auf die Krokodile und die Schakale achtgeben", antwortete das Vornehme Warzenschwein, während er am Bierglas nippte. „Wenn sie zu mächtig werden, kann es für die Republik gefährlich werden."

Plötzlich schreckte Benno auf. Die finsteren Gestalten auf der Tribüne waren aufgestanden. „Ausländer raus! Ausländer raus!", krakelten sie und erhoben bedrohlich ihre Fäuste. Die anderen Besucher sahen sich mit empörten Blicken nach den Männern um. Der Politiker am Podium musste seine Rede unterbrechen. Die Männer mit den schwarzen Stiefeln wurden immer lauter. Es dauerte jedoch nicht lange, bis Saaldiener sie packten und von der Tribüne führten. Benno hörte sie grölen, bis sie den Ausgang erreicht hatten. Erst dann konnte der Politiker seine Rede fortsetzen.

Benno hörte jedoch nicht zu. Er dachte über das letzte Kapitel der Geschichte nach. Währenddessen holte er seine magische Karte aus der Tasche und betrachtete sie. Jetzt verstand er: Das Volk der wilden Tiere konnte zum ersten Mal wirklich bestimmen, wer für sie im Parlament sitzen und Entscheidungen treffen sollte. Sie wählten zuerst den Präsidenten und dann bestimmten sie den Kanzler. Der Starke Schimpanse als Präsident regierte nun also so, wie das Volk es wollte. Und das Vornehme Warzenschwein als Kanzler half dem Starken Schimpansen beim Regieren. Eigentlich klang das ganz einfach.

Benno las weiter.

In der Tat hatten die Krokodile und die Schakale nichts Gutes vor.

Die Krokodilpartei organisierte Demonstrationen auf der Straße und vor dem Parlament. Sie schwenkten rote Fahnen, auf dem das große Maul eines Krokodils abgebildet war.

„Krokodile an die Macht!“, riefen sie immer wieder. „Wir wollen einen Rat der Krokodile und keinen Präsidenten.“

Jeden Tag hetzten sie besonders die kleinen Tiere gegen das Parlament auf.

Die Schakale aber waren noch schlimmer. In ihrer Partei verkündeten sie unverhohlen, dass sie sich nicht davor scheuten, andere sogar zu beißen. Mit aller Macht versuchten sie, die anderen von ihrer Meinung zu überzeugen.

Die Schakale hatten sich inzwischen mit den Hyänen und den Kojoten verbündet und schüchterten gemeinsam das Volk ein.

Im Parlament fingen sie an, wie Wölfe zu heulen, wenn die Krokodile sprachen. Manchmal fletschten sie sogar angsterregend mit den Zähnen.

Das wurde selbst dem Gutmütigen Orang-Utan zu bunt. So bestimmte er kurzerhand, dass die Krokodilpartei ganz links sitzen musste und die Partei der unbesiegbaren Schakale ganz rechts. Damit verhinderte er, dass die beiden im Parlament aufeinander losgingen.

Aber die Stimmung wollte und wollte nicht ruhiger werden. Die Tiere stritten um den Hühnerfrieden, den der Starke Schimpanse nach dem Krieg mit den Nachbarländern ausgehandelt hatte. Es waren vor allem die Schakale und die großen Tiere, die immer wieder anfingen, laut zu wettern.

„Der Hühnerfrieden ist nicht der Frieden, den wir wollen", gifteten die Schakale. „Beißt die Hühner tot. Die gackern doch nur blöde rum!"

„Seit dem Hühnerfrieden müssen wir viel Geld an die Hühner zahlen. Deswegen haben unsere Tiere nicht mehr genug zu essen“, hetzten die Nilpferde.

„Die Affen sind schuld“, wetterten die Nashörner.

„Genau! Jagt den Starken Schimpansen davon! Der hat uns das alles eingebrockt“, stimmten die Schakale in den Chor mit ein.

„Ruhe! Ruhe!“, rief der Gutmütige Orang-Utan verzweifelt dazwischen. „Oder ich lasse den Saal räumen.“

Der Kanzler und der Präsident ließen sich aber von den Schakalen und den großen Tieren nicht einschüchtern. Im Gegenteil, der Starke Schimpanse schickte das Vornehme Warzenschwein sogar ins Hühnerland, um das Verhältnis zu den Hühnern weiter zu verbessern. Das Vornehme Warzenschwein ließ sich mit dem Stolzen Hahn, dem Präsidenten vom Hühnerland, fotografieren, damit alle sahen, wie angesehen die neu gewählte Regierung im Nachbarland war.

Als die Schakale das Bild im „Schakal-Anzeiger“ sahen, brachten sie die Zeitung mit ins Parlament, hielten sie hoch und grölten: „So ein Verräter! Jetzt treiben uns nicht nur die Krokodile ins Verderben, sondern auch das Vornehme Warzenschwein. Pfui Teufel!“ Dann fingen sie an, wie die Hühner zu gackern.

Der Starke Schimpanse versuchte immer wieder, die Tiere im Parlament zusammenzuhalten. Er ging zum Rednerpult.

„Wir haben so lange unter dem Lauten Elefanten gelitten. Er hat über uns bestimmt. Er hat die Hühner und Bären einfach angegriffen, obwohl sie friedlich waren. Das war ein Verbrechen! Wir mussten doch mit unseren Nachbarn Frieden schließen, sonst hätte man unser Land wieder geteilt. Wollt ihr das etwa wieder?"

Alle Tiere im Parlament schüttelten den Kopf, sogar die Schakale. Nein, das wollte wirklich keiner.

„Der Hühnerfrieden, den ich unterzeichnet habe", fuhr der Starke Schimpanse fort, „ist ein guter Vertrag. Vertraut mir!"

Die Tiere im Parlament applaudierten lange. Der Mutige Pavian, eine Meerkatze und ein Gorilla kamen zum Rednerpult und schüttelten ihm die Hand.

Ein paar Tage später geschah etwas Schreckliches. An einem trüben Februarmorgen spürte der Starke Schimpanse Schmerzen in der Brust. Er wollte noch eine Rede halten, und als er die Treppen zum Parlament hinaufging, fiel er plötzlich tot um.

Der Mutige Pavian, der neben ihm war, schrie bestürzt: „Der Präsident ist tot! Der Präsident ist tot!"

Alle Tiere im Land waren starr vor Entsetzen. Feierlich wurde der Starke Schimpanse zu Grabe getragen und das Volk nahm Abschied. Es kamen alle: die Affen, die Löwen, die Warzenschweine und die Tiger. Die Gnus, die Antilopen, die Kaffernbüffel, die Heuschrecken und die Moskitos. Die Zebras, die Hängebauchschweine, die Panther. Sogar die Giraffen, die Nashörner und die Nilpferde. Alle waren gekommen – bis auf die Schakale und die Krokodile. Das war kein gutes Zeichen.

Das Vornehme Warzenschwein hielt die Grabrede.

„Liebe Tiere, der Starke Schimpanse war ein bemerkenswerter Politiker und der erste Affe, den alle Tiere im Land zu ihrem großen Präsidenten bestimmt haben. Er hat das Land, das die Schakale und die Krokodile zerstören wollen, zusammengehalten. Lasst uns seiner gedenken und ihn nie vergessen."

Die Tiere in der jungen Republik weinten. Wer sollte nun das Land führen? Wer war klug und stark genug?

„Bitte verlassen Sie die Tribüne! Du auch", hörte Benno jemanden sagen. Er hatte gar nicht bemerkt, dass die Debatte im Plenarsaal vorbei war und die meisten Besucher von ihren Plätzen verschwunden waren. Noch etwas mitgenommen von der Geschichte packte er seine Sachen und ging die große Treppe des Parlaments hinunter. „Wohin jetzt?" überlegte er. Er hatte die neuen Anweisungen noch nicht gelesen. Deswegen setzte sich Benno mit dem Brief auf die Treppe.

Lieber Benno,

bevor du das nächste Kapitel bekommst, in dem du erfährst, wie sich die junge Republik weiterentwickelt, möchte ich dich zum Essen einladen. Gehe in den Tiergarten. Auf dem Weg zur Kongresshalle habe ich auf dem Rasen ein kleines Picknick für dich bereitstellen lassen. Bedien dich und lass es dir schmecken.

Dein

Helmut Löwe

Benno suchte auf dem Stadtplan die Kongresshalle. Sie war nicht weit entfernt. Und der Tiergarten war kein Zoo, sondern ein Park. Er lag direkt vor ihm, unmittelbar hinter der Fußballarena. Er musste nur eine Straße überqueren. Auf dem Weg zur Kongresshalle dachte Benno darüber nach, was er eben gelesen hatte. „Schade“, dachte er, „den Starken Schimpansen habe ich gemocht. Warum musste der nur so früh sterben?“

Benno hielt nach dem Picknick Ausschau. Nach etwa dreihundert Metern entdeckte er auf dem Rasen eine karierte Decke, auf der herrliche Sachen ausgebreitet waren: Brot, Käse, Obst, Gemüse, Eier. Alles was zu einem guten Picknick gehört. Er sah einen einzigen Teller mit Messer und Gabel. Aber niemand war in der Nähe. Er schaute sich um. Etwas weiter entfernt erkannte er eine Gruppe WM-Fans. Etwa 15 Personen schwenkten eine große portugiesische Flagge. Sie trugen lustige rot-grüne Perücken. Ein Ghettoblaster spielte WM-Songs, die sie lautstark mitsangen und dabei ausgelassen tanzten. Die Gruppe war aber so weit weg, dass die Sachen vor Benno bestimmt nicht zu ihr gehörten.

„Das muss das Picknick sein, von dem der Löwe geschrieben hat", dachte Benno. Er überlegte nicht lange, setzte sich hin und fing an zu essen. Unter dem Brotkorb fand er ein neues Kapitel. Bevor Benno es las, holte er die magische Karte aus seiner Tasche. Er wollte sehen, ob sich etwas geändert hatte. Da der Starke Schimpanse jetzt gestorben war, musste ein anderer Präsident werden. Wer konnte das sein? Benno fand die Antwort auf der Karte. Der Starke Schimpanse war durch einen Elefanten ersetzt worden. Der sah allerdings ziemlich alt aus. Alle anderen Bilder waren gleich geblieben.

VOGELLAND
ROBBENLAND
HÜHNERLAND

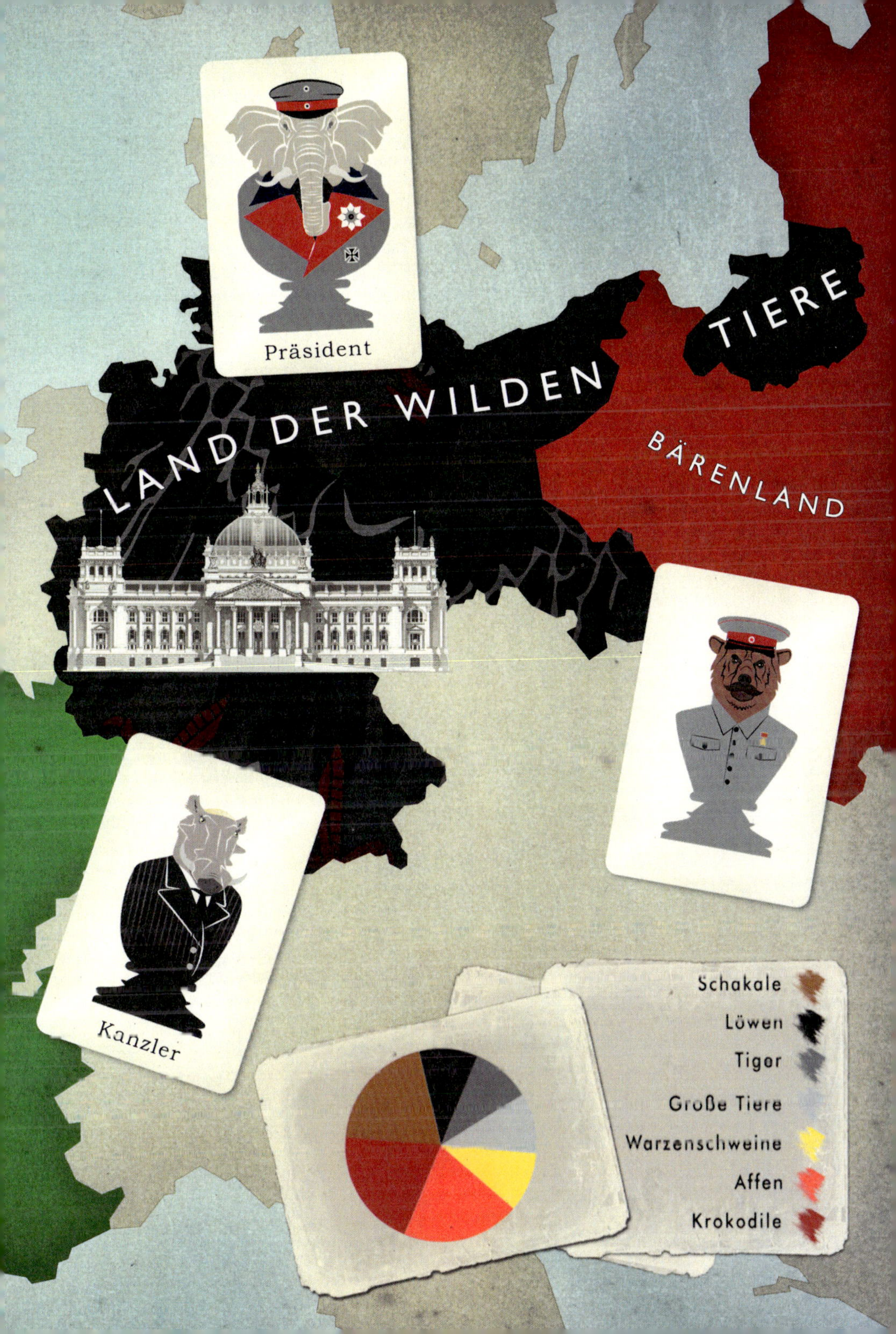

Präsident
LAND DER WILDEN TIERE
BÄRENLAND
Kanzler
Schakale
Löwen
Tiger
Große Tiere
Warzenschweine
Affen
Krokodile

8. DER ALTE ELEFANT WIRD PRÄSIDENT

Die Schakale und Krokodile nutzten die Trauerzeit, um weiter Unruhe zu stiften. Sie organisierten Demonstrationen und wiegelten das Volk auf. Aber die meisten Tiere sehnten sich nur nach Ruhe.

Viele dachten wehmütig an die Regierungszeit des Mächtigen Elefanten zurück. Damals war es viel ruhiger und sicherer gewesen. Die Tiere hatten zwar nicht mitbestimmen dürfen, aber das war ihnen im Moment nicht so wichtig.

Da kamen die großen Tiere und die Tiger auf die Idee, wieder einen Elefanten zum Präsidenten vorzuschlagen.

Der einzige Elefant, der für dieses hohe Amt infrage kam, war schon recht alt und hatte silbergraues Haar.

Ein Tiger mit beachtlichen Segelohren, ein großes Nashorn und ein dickes Nilpferd setzten sich in ein Auto und fuhren in die schöne Villa des Alten Elefanten, um ihn zu überreden.

„Ich bin doch ... äh ... viel zu alt“, ächzte der Elefant, der gerade seine schöne Ordensammlung stolz betrachtete. Er war früher General gewesen und war oft ausgezeichnet worden. „Lasst mich ... äh ... bitte in Ruhe.“

„Das Land der wilden Tiere braucht aber dringend wieder einen starken Elefanten“, redete das dicke Nashorn auf ihn ein.

„Ja, ja, schon, aber es gibt doch … äh … auch andere Tiere", erwiderte der Alte Elefant.

„Aber unser Volk vertraut nur dir", sagte das angesehene Nilpferd. „Bitte lass dich zur Wahl aufstellen."

Der Alte Elefant schnaufte tief vor Verzweiflung.

„Wenn es denn keinen … äh … anderen gibt, so stellt mich halt als … äh … Präsident auf." Dabei hinkte er zu einem hohen Spiegel und ließ sich von seinem Kammerdiener drei Orden anheften.

Doch die Krokodilpartei hatte auch einen Kandidaten aufgestellt: das Krokodil mit den großen Zähnen. Die Partei der unbesiegbaren Schakale ebenfalls – einen kleinen unbekannten Schakal.

Das Krokodil mit den großen Zähnen hatte ein ungewöhnliches Ziel: Es wollte das Parlament wieder abschaffen. Das wussten die Tiere im ganzen Land. Den kleinen Schakal kannte jedoch kaum jemand. Er hatte einen auffälligen schwarzen Mini-Schnurrbart und eine markante Stimme. Die Frauen mochten ihn wegen seiner

charmanten Art. Der kleine Schakal war gerissen und listig. Deswegen wurde er in seiner Partei der Listige Schakal genannt.

Im ganzen Land klebten Wahlplakate an Häusern und Bäumen.

„Wählt den Alten Elefanten!“, stand auf vielen in riesengroßen Buchstaben.

Auf anderen war geschrieben: „Freiheit! Frieden! Krokodil!“ Darunter ein Bild vom Krokodil, das seine Zähne mächtig fletschte.

Auch der Listige Schakal hatte Plakate mit seinem Kopf drucken lassen:

ICH MACHE DAS LAND DER WILDEN TIERE UNBESIEGBAR.

Alle drei wollten die Wahl gewinnen. Doch das Volk hatte Angst vor dem Krokodil mit den großen Zähnen, und den Listigen Schakal kannten sie kaum. Am meisten Vertrauen hatten sie zum Alten Elefanten. Sie wählten ihn mit großer Mehrheit zum Präsidenten. Die Tiere waren glücklich – bis der neue Präsident seine erste Rede im Parlament hielt.

„Ihr ... Hühner“, fing er an. Er hatte seine schönste Uniform angezogen, seine Orden leuchteten an der Brust. „Wir haben ... äh ... mit euch Hühnern ...“

Da unterbrach ihn leise der Gutmütige Orang-Utan: „Herr Präsident, Sie meinen doch sicher wilde Tiere, nicht Hühner.“

Der Alte Elefant schaute verzweifelt auf sein Redemanuskript. „Äh ... ja, ... äh ... liebe Tiere. Ich bin nun euer König ... äh Präsident. Vielen Dank an alle Hühner ... äh ... wilden Tiere, die mich gewählt haben. Das ... äh ... Borsten ... äh Warzenschwein soll wieder ... äh ...“

Er kniff seine Augen zusammen, versuchte, den Text zu entziffern und schaute dann hilfesuchend den Gutmütigen Orang-Utan an. „Wie heißt das?“

„Kanzler“, flüsterte der zurück.

„Kanzler werden“, stotterte der Alte Elefant weiter.

Da wurde den Tieren schlagartig klar, dass der Alte Elefant wirklich schon sehr, sehr alt war, und seine Wahl doch nicht die beste Idee war.

Beim Vornehmen Warzenschwein war das anders. Es hatte jahrelang bewiesen, dass es ein guter Kanzler war.

Also wählten die Tiere im Parlament das Vornehme Warzenschwein wieder zum Kanzler.

Benno wurde jäh beim Lesen unterbrochen. Ein Pick-up, auf dem acht kahlrasierte Hooligans standen, fuhr auf der nahe gelegenen Allee mit viel Hupen und Lärm vorbei. Ein Mann rief durch ein Megaphon: „Portugiesen raus! Portugiesen raus!“, während die anderen johlten. Der Mann stimmte lautstark ein Lied an: „Zieht den Portugiesen die Unterhose aus, die Unterhose aus, die Unterhose aus ...“ Das Johlen der anderen wurde lauter. Die tanzenden Portugiesen schauten verängstigt in Richtung Pick-up. Die Kahlrasierten stachelte das nur noch mehr an. Die Männer zeigten mit den Fingern auf die Portugiesen, grölten, als wären sie betrunken, und machten Anstalten, aus ihrem Wagen zu springen. Benno bekam Angst. Die Männer sahen nicht gerade friedlich aus. Doch dann tauchten hinter dem Auto zwei Polizeiwagen auf. Der Mann mit dem Megaphon rief seine Männer zurück und die Männer gaben sich ganz harmlos. Als sie weiterfuhren, folgten ihnen die zwei Polizeiautos.

Benno wäre jetzt lieber bei seinen Eltern gewesen. Ihm war ganz schön mulmig geworden. Er stand schnell auf und nahm seine Sachen von der Picknickdecke. Etwa hundert Meter entfernt setzte er sich hinter einen alten Baum, der ihn vor Blicken schützte. Bevor er weiterlas, guckte er noch einmal auf die magische Karte. Sie hatte sich schon wieder verändert. Das ganze Papier war merkwürdig fahl geworden. Und das Bild des Vornehmen Warzenschweins war weg. An seiner Stelle schimmerte ein anderes Tier durch. Benno konnte jedoch nicht erkennen, wer dort abgebildet war.

VOGELLAND
ROBBENLAND
HÜHNERLAND

Präsident
LAND DER WILDEN TIERE
BÄRENLAND
Kanzler
Schakale
Löwen
Tiger
Große Tiere
Warzenschweine
Affen
Krokodile

Als das Vornehme Warzenschwein nach einiger Zeit wieder zu einer Freundschaftsreise ins Hühnerland fuhr, fingen die Schakale im Parlament ein Heulen an, wie die Tiere es noch nie gehört hatten. Besonders laut war der Listige Schakal.

„Das Vornehme Warzenschwein hat wohl Warzen im Gehirn", sagte er. „Die Hühner sind gefährliche Ungeheuer, die unser Land zerstören wollen. Wir wollen keinen Hühnerfrieden mehr. Und wir wollen kein gackerndes Warzenschwein!"

Nachdem der Listige Schakal kein Präsident geworden war, wollte er wenigstens Kanzler werden. Deswegen hielt er immer öfter Reden im Parlament, mit denen er die anderen Tiere aufpeitschen wollte.

„Setzt das Vornehme Warzenschwein ab, es soll nicht länger Kanzler sein!", forderte der Listige Schakal. Seine Leibwächter, zwei grimmige Hyänen, die ihn immer begleiteten, fletschten dabei die Zähne.

Alle Mitglieder der Partei der schnellen Warzenschweine sprangen empört auf und riefen:

„Du bist ein Hetzer! Das Vornehme Warzenschwein will mit unseren Nachbarn in Frieden leben. Es soll Kanzler bleiben!"

Der Mutige Pavian lief zum Rednerpult. „Du lügst, Listiger Schakal!", regte er sich auf. „Erzähl keine Schauergeschichten und mach die Tiere nicht verrückt! Wir haben mit den Hühnern, den Robben und den Bären genug Krieg gehabt. Jetzt ist Schluss. Lass uns in Frieden mit ihnen leben. Es gibt keinen besseren Kanzler als das Vornehme Warzenschwein."

„Alles Quatsch! Die Schakale sind zwar Heuchler", rief das Krokodil mit den großen Zähnen, „aber heute haben sie ausnahmsweise recht. Wir wollen auch kein Warzenschwein als Kanzler haben. Setzt es ab!"

Plötzlich gab es einen Riesenaufruhr. Ein paar Schakale hatten faule Eier mitgebracht und bewarfen damit den Mutigen Pavian. Erschrocken ging er in Deckung. Doch es war schon zu spät. An seinem schönen eleganten Anzug liefen glibberige Eidotter hinunter. Daraufhin gab es ein großes Gegröle und Gezeter: Die Affen kreischten. Die Löwen brüllten. Die Krokodile klapperten mit den Zähnen. Die Schakale heulten. Die Warzenschweine schnauften.

Der Gutmütige Orang-Utan versuchte, den Tumult zu stoppen, und musste laut schreien, um überhaupt gehört zu werden:

„RUHE!!! RUHE!!! Oder ich lasse den Saal räumen."

Aber die Tiere beruhigten sich nicht. Erst als der Gutmütige Orang-Utan die Kudu-Soldaten kommen ließ, wurde es wieder friedlicher. Dann sagte er: „Der Listige Schakal hat den Antrag gestellt, das Vornehme Warzenschwein als Kanzler abzusetzen. Unser Gesetz will, dass wir jetzt abstimmen. Damit sich alle beruhigen, machen wir erst einmal eine kleine Pause."

Damit hatte der Listige Schakal gerechnet und dafür gesorgt, dass nicht alle Tiere nach der Pause wieder in den Parlamentssaal gelangen würden. An den Eingängen postierte er seine scharfen Hyänen und Kojoten, die grimmig die Zähne fletschten, als die Affen, Warzenschweine, Tiger und Löwen ins Parlament zurückkehren wollten. Viele bekamen so große Angst, dass sie draußen blieben. Damit waren die Schakale, die Krokodile und die großen Tiere, die ebenfalls für die Absetzung des Vornehmen Warzenschweins waren, plötzlich in der Mehrheit.

Zum ersten Mal stimmten die Krokodile und die Schakale gemeinsam für einen Antrag. So wurde das Vornehme Warzenschwein, das so Großes für das Land der wilden Tiere geleistet hatte, einfach als Kanzler abgesetzt.

Mit traurigen Augen nahm es seine Entlassungsurkunde vom Präsidenten entgegen. Der Alte Elefant hatte in seiner Tattrigkeit gar nicht richtig verstanden, warum das Vornehme Warzenschwein abgesetzt wurde.

Benno wurde traurig. Das Vornehme Warzenschwein hatte er gemocht. Er bezweifelte, dass der tattrige Alte Elefant ein guter Präsident in dieser turbulenten Zeit war.

Mal gucken, welche Nachricht Helmut Löwe ihm diesmal geschrieben hatte.

Lieber Benno,

deinen nächsten Brief und das nächste Kapitel findest du in einem Papierkorb an der Weltzeituhr auf dem Alexanderplatz. Der Umschlag ist diesmal violett, damit du ihn auch findest. Es wird dort viel los sein. Sei bitte vorsichtig!

Dein

Helmut Löwe

Benno schaute auf den Stadtplan. Die nächste S-Bahnstation war weit entfernt. Er ging zu Fuß an der Spree entlang, am Schloss Bellevue vorbei, in dem der Bundespräsident wohnt. Auf dem Schloss wehte die Fahne mit dem Bundesadler. Das war das Zeichen, dass der Bundespräsident in Berlin war. Direkt hinter dem Schloss lag die S-Bahnstation Bellevue. Von dort fuhr Benno zum Alexanderplatz.

Dort war wirklich viel los. Aber viele Leute sahen nicht gerade nett aus. Genau solche wie die, die eben mit lautem Gebrüll am Tiergarten vorbeigefahren waren. Sie waren kahlgeschoren, trugen Bomberjacken und schwere schwarze Stiefel. Und immer wieder riefen sie:

„Ausländer raus! Ausländer raus!“ Um ein Podium in der Mitte des Platzes versammelten sich die meisten Kahlgeschorenen. Ein Mann mit fingerdicken Augenbrauen rief mit seiner bellenden Stimme den Leuten etwas zu.

Bennos Magen krampfte sich zusammen, sein Herz klopfte bis zum Hals. Am liebsten wäre er sofort wieder weggelaufen. Aber er musste erst die Weltzeituhr finden. Trotz der vielen Menschen entdeckte Benno sie am Rande des Platzes. Er ging dorthin und suchte den Papierkorb. Die Menschen rempelten ihn rücksichtslos an. Benno bekam Schweißausbrüche. Dann entdeckte er den violetten Umschlag. Er fischte ihn schnell zwischen alten Zeitungen und Blechdosen heraus. Er schaute sich um und überlegte, wie er am schnellsten aus diesem schrecklichen Getümmel wegkommen konnte. Da bemerkte er eine Gruppe portugiesischer WM-Fans, die in diesem Moment auf den Platz kam. Er erkannte sie an ihren rotgrünen Trikots. Als die Kahlrasierten sie sahen, wurde es noch lauter auf dem Platz. Dann ging alles furchtbar schnell: Ein Stuhl flog durch die Luft. Dann ein zweiter. Die Portugiesen erschraken und wollten wegrennen. Eine andere Gruppe der Kahlköpfigen hatte ihnen jedoch den Weg abgeschnitten. Schließlich rannten alle Leute panisch vom Platz in alle Richtungen. Benno musste aufpassen, dass er nicht niedergetrampelt wurde. Glücklicherweise befand er sich in der Nähe eines U-Bahn-Schachtes.

Er rannte die Treppen hinunter und sprang in eine U-Bahn, die in diesem Moment dort hielt. Voller Panik kauerte er sich in die Ecke der letzten Sitzreihe. Hier drin war es ruhig. Benno hörte nur sein Herz pochen und sein schnelles Atmen. Nach ein paar Stationen hatte Benno sich etwas beruhigt und stieg wieder aus. Am liebsten wäre er gleich nach Hause gefahren. Aber seine Neugier auf das, was noch geschehen sollte, war größer. Er setzte sich draußen auf die nächste Bank, die er fand. Dort öffnete er den violetten Umschlag, den er im Papierkorb an der Weltzeituhr gefunden hatte, und las das neunte Kapitel.

9. DER LISTIGE SCHAKAL WIRD KANZLER

Hinterhältig verwirklichte der Listige Schakal seinen nächsten Plan. Mit scheinheiliger Miene ging er zum Präsidenten. „Mein lieber, lieber Alter Elefant. Jetzt ist das Warzenschwein abgesetzt. Soll ich dir nicht ein wenig beim Regieren helfen? Ich könnte doch dein Kanzler werden."

„Äh ... ja ... gern", ächzte der Alte Elefant. Er polierte gerade kopfwackelnd seine vielen Orden. „Mir fällt das Regieren ziemlich ... äh ... schwer. Sind die Tiere im Parlament denn ... äh ... damit einverstanden?"

„Nicht ganz", säuselte der Listige Schakal. „Du musst das Parlament auflösen, damit wir neue Wahlen abhalten können. Meine Partei braucht eine große Mehrheit."

Weil er dachte, der Listige Schakal wäre ein gutes Tier, hörte der Alte Elefant auf ihn, löste das Parlament auf und ließ Neuwahlen ausrufen. Also mussten alle Parteien wieder neu gewählt werden.

Der Listige Schakal hielt nun überall flammende Reden für seine Partei. Er hatte eine reißerische Stimme und viel Temperament. Um aufzufallen, zog er sich eine braune Uniform mit einer roten Armbinde an und baute ein großes Podium auf, sodass ihn jeder aus dem Volk sehen konnte.

„Wenn ihr die Partei der unbesiegbaren Schakale wählt, werde ich Kanzler der Tiere. Dann werdet ihr immer genügend zu essen haben. Ich werde größere Straßen bauen und jedes Tier im Land bekommt einen Swimmingpool."

Die Tiere jubelten, als sie das hörten. Das hatte ihnen noch niemand versprochen. Natürlich war es nicht wahr, aber viele Tiere glaubten es oder wollten es einfach glauben.

Seine Wahlreden beendete der Listige Schakal mit einer erhobenen Pfote. Das fanden seine Anhänger gut. Wo immer sie den Listigen Schakal sahen, hoben sie nun auch ihre rechte Hand. Um das Volk zu beeindrucken, ließ er bei jeder Rede seine Hyänengarde aufmarschieren. Mindestens zweihundert Hyänen marschierten in Fünferreihen im Stechschritt hintereinander.

Es gab aber auch Tiere, die dem Listigen Schakal misstrauten. Sie wollten andere Parteien wählen.

„Wenn du bei der Wahl nicht für uns stimmst, dann beißen wir dir in die Kehle", drohte ein dicker Schakal, dessen Uniform nie richtig saß. Er war immer zur Stelle, wenn Tiere gegen die Schakale wetterten.

Am Wahltag stimmten deshalb einige Tiere aus Angst für die Partei der unbesiegbaren Schakale, viele andere aber auch, weil sie dem Listigen Schakal blind vertrauten und ihre neuen Straßen und Swimmingpools haben wollten.

Nach der Wahl waren mehr Schakale im neuen Parlament vertreten als vorher. Viel mehr. Trotzdem gab es immer noch die Parteien der Affen, der Löwen, der Tiger und der Schnellen Warzenschweine. Sogar ein paar große Tiere und Krokodile waren wieder vertreten.

„Tiere im Parlament", eröffnete der Gutmütige Orang-Utan die erste Sitzung. Unsicher nestelte er an seinem Gehrock herum, als er die vielen grimmigen Schakale sah. „Heute wollen wir den neuen Kanzler wählen. Die Affen haben das Wort."

„Von wegen, die Affen haben das Wort", rief der Listige Schakal dazwischen. „Die Affen haben dem Land der wilden Tiere noch nie gutgetan. Habt ihr vergessen, dass ein Schimpanse den Hühnerfrieden ausgehandelt hat? Wählt mich zum Kanzler und unserem Land wird es gut gehen."

„Jawoll!", jubelten die Schakale und streckten ihre Pfoten nach oben. Sie hatten alle eine braune Uniform mit roter Armbinde angezogen, die gleiche, die der Listige Schakal trug.

Die anderen Parteien waren empört über die Worte und das Verhalten der Schakale. Der Mutige Pavian sprang auf und wollte ans Rednerpult gehen, als das Krokodil mit den großen Zähnen auf den Listigen Schakal losstürmte. Seine Stimme überschlug sich: „Niemals sollst du Kanzler werden, du listigster aller Schakale! Niemals!“

Die gesamte Krokodilpartei stürmte dem Krokodil mit den großen Zähnen hinterher und rief:

„Niemals! Niemals!“

Alle Schakale bauten sich um ihren Führer auf. Sie standen den Krokodilen gegenüber und knurrten sich an. Als ein Schakal einem der Krokodile in die Beine biss, begann eine Prügelei.

Die restlichen Tiere im Saal fingen ein großes Geschrei an: Die Affen kreischten. Die Löwen brüllten. Die Warzenschweine schnauften. Aber die Krokodile und Schakale hörten nicht auf, sich zu prügeln.

„Ruhe! Ruhe! Ruhe“, brüllte der Gutmütige Orang-Utan, „oder ich lasse den Saal räumen. RUUUHE!!!“

Doch die Krokodile und Schakale hörten ihn gar nicht und schlugen weiter aufeinander ein.

„Aufhören! Aufhören!“, schrie der Gutmütige Organ-Utan. Keine Chance. Schließlich rief er die Kudus und ließ den Saal räumen.

Der Alte Elefant, der nicht bei der Sitzung anwesend war, wurde ins Parlament gerufen.

„Äh ... äh ... äh ... Was ist denn hier los?“, fragte er leicht verstört.

Als der Gutmütige Orang-Utan alles erzählte, wurde der Präsident so wütend, dass er einen seiner Orden von seiner Uniform abriss und in die Ecke warf.

„Wenn die dummen Hühner ... äh ... Tiere ihren Kanzler nicht wählen können", sagte er, „muss ich ihn eben bestimmen."

Er erinnerte sich an die Worte des Listigen Schakals, der ihm beim Regieren helfen wollte.

So ernannte der Alte Elefant den Listigen Schakal zum Kanzler, ohne die Tiere im Parlament zu fragen.

Benno gefiel es gar nicht, wie sich die Geschichte weiterentwickelte. Er holte die magische Karte aus seiner Tasche, die noch fahler geworden war als vorher. Aber nun konnte er erkennen, wer unter dem Alten Elefanten abgebildet war. Natürlich der Listige Schakal. Auf der magischen Karte war der Alte Elefant als Präsident mächtiger als der Listige Schakal.

„Bestimmt kann er den Listigen Schakal wieder absetzen, wenn er zu böse wird. Außerdem ist die Partei der Schakale viel größer geworden. Aber sie haben immer noch keine Mehrheit im Parlament. Wenn neu abgestimmt wird, werden sie verlieren", hoffte Benno.

Benno las weiter.

VOGELLAND
ROBBENLAND
HÜHNERLAND

Präsident
LAND DER WILDEN TIERE
BÄRENLAND
Kanzler
Schakale
Löwen
Tigor
Große Tiere
Warzenschweine
Affen
Krokodile

Der Listige Schakal hatte als Kanzler nun viel Macht. Leider reichte ihm das nicht. Denn der Präsident war immer noch mächtiger als er. Wieder hatte der Listige Schakal einen teuflischen Plan.

Eines Tages rief er den Dicken Schakal zu sich. „Dicker Schakal, du bist der Beste und mein Vertrauensmann. Fackel das Parlament ab! Es muss weg!“, befahl er.

Der Dicke Schakal gehorchte sonst blind seinem Führer, aber diesen Plan fand selbst er zu teuflisch. Unsicher zog er seine Hose hoch, die unter seinen dicken Bauch gerutscht war, und meinte: „Das geht doch nicht. Das ist doch das Parlament der wilden Tiere.“

„Papperlapapp“, antwortete der Listige Schakal, „das Parlament muss weg. Es ist überflüssig.“

Und weil keiner dem Listigen Schakal widersprach, zündete der Dicke Schakal nachts heimlich das Gebäude an.

Bald brannte es lichterloh. Kilometerweit sah man die züngelnden Flammen am schwarzen Himmel, die das Parlament vernichteten. Das Volk der wilden Tiere war fassungslos.

Am nächsten Tag hockte der Gutmütige Orang-Utan traurig auf der verrußten Treppe des abgebrannten Parlaments und weinte. Um ihn herum versammelten sich viele Tiere, die riefen: „Findet den Brandstifter!“ und „Verurteilt den Schuldigen!“

„Ich weiß es. Die Krokodile waren es“, posaunte der Listige Schakal.

Er hatte ein großes Podium mit Mikrofon und großen Lautsprechern vor den Trümmern des Parlaments aufbauen lassen. „Ich habe mit eigenen Augen gesehen, wie ein Krokodil das Parlament angezündet hat. Die Krokodile waren immer gegen das Parlament. Das wisst ihr doch! Jetzt müssen sie ins Gefängnis."

Viele Tiere glaubten dem Listigen Schakal. Kurz darauf wurde ein Krokodil verhaftet, das eine Schachtel Streichhölzer in der Tasche hatte.

„Die Krokodile haben unser schönes Parlament zerstört", heuchelte der Listige Schakal im Radio. „Deswegen verbiete ich die Krokodilpartei. Außerdem dürfen die Krokodile nie mehr an Versammlungen teilnehmen."

Bereits am nächsten Tag passten Hyänen und Kojoten auf, dass kein Krokodil auf den Versammlungen erschien. Der Listige Schakal vergrößerte seine Hyänen- und Kojotengarde. In langen Ledermänteln ließ er sie durch die Straßen ziehen, um Angst und Schrecken zu verbreiten.

Benno warf einen Blick auf die magische Karte. Er bekam einen Riesenschreck. Alle Nachbarländer waren grau geworden. Und die Karte hatte jetzt ein Loch. Genau an der Stelle, an der vorher das Parlament zu sehen war. Der braune, abgeblätterte Rand verriet Brandspuren. Außerdem war der Alte Elefant verschwunden. Es gab nur noch die Abbildung des Listigen Schakals, der allein das Volk der wilden Tiere regierte.

„Führer" stand unter seinem Bild.

VOGELLAND
ROBBENLAND
HÜHNERLAND

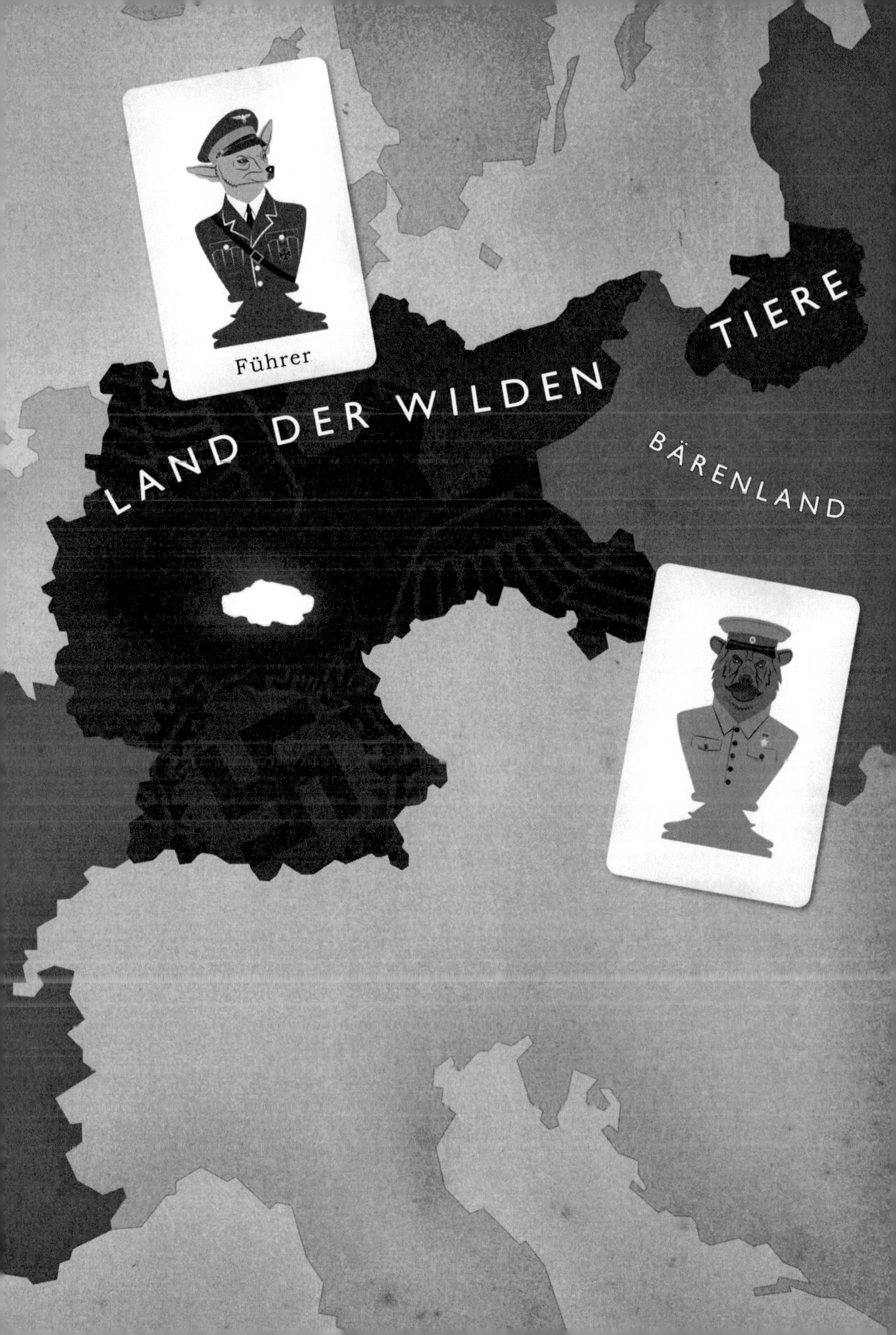
Führer
LAND DER WILDEN TIERE
BÄRENLAND

Benno war bestürzt. Was war aus dem Land der wilden Tiere geworden? Hatten die guten und friedlichen Tiere gar nichts mehr zu sagen? Nur noch die Bösen? War denn niemand da, der den Listigen Schakal hätte verjagen können?

Gegenüber vom abgebrannten Parlament stand eine alte Oper. Aber dort regnete es rein und es konnte nicht mehr richtig geheizt werden. Trotzdem ließ der Listige Schakal hier die Abgeordneten zusammenkommen. Es war ein kalter grauer Wintertag. Alle Tiere kamen. Bis auf die Krokodile.

Nachdem sich die Tiere frierend hingesetzt hatten, begann der Listige Schakal seine hinterhältige Rede: „Die Krokodile sollen für ihre Tat büßen. Lasst sie uns aus unserem schönen Land fortjagen. Nur wir Schakale können wieder für Recht und Ordnung sorgen. Also gebt mir mehr Macht. Dann werde ich euch immer vor den Krokodilen schützen. Lasst uns darüber abstimmen!“

Die Tiere waren verwirrt. Sie wollten eigentlich nicht, dass ein Kanzler zu viel Macht bekam, aber sie waren ängstlich und wollten auch beschützt werden.

In den Gängen der alten Oper hatte der Listige Schakal demonstrativ seine Hyänengarde postiert.

Der Mutige Pavian schaute kurz zu den Hyänen in den langen Ledermänteln, pustete sich in die Hände, weil es so kalt war, stand auf und ging zum Rednerpult.

„Listiger Schakal, du bist der größte Heuchler der Nation", sagte er und hob seine Faust. „Du willst uns beschützen? Dass ich nicht lache! Du willst nur mehr Macht. Und wenn du mehr Macht bekommst, hört das Parlament auf zu existieren. Du willst nämlich ganz allein herrschen. Tiere im Parlament, fallt nicht auf ihn herein! Ich flehe euch an. Stimmt gegen den Listigen Schakal!"

„Aber, aber. Das ist doch lächerlich. Ich will euch doch nur helfen. Vertraut mir!", beschwichtigte der Listige Schakal. „Ich will nur das Beste für das Land der wilden Tiere. Je mehr Macht ihr mir gebt, desto besser kann ich für Recht und Ordnung sorgen. Stimmt für mich!"

Die Hyänen in den Gängen fletschten angsterregend die Zähne. Es wurde still im Saal. Die Tiere fröstelten vor Kälte – und vor Angst.

Dann sagte der Gutmütige Orang-Utan mit trauriger Stimme: „Lasst uns nun abstimmen. Wer stimmt für den Antrag des Listigen Schakals?"

„Grrrrr!", knurrte es von den Gängen. „Grrrr!"

Fast alle Tiere hoben ihre Hand. Nur der Mutige Pavian und die Tiere der Affenpartei nicht. Selbst als eine Hyäne einem Schimpansen ins Bein schnappte, stimmten die Affen nicht für den Antrag des Listigen Schakals.

Er hatte auch so eine große Mehrheit bekommen. Er war nun der mächtigste Kanzler, seit es die Republik gab.

Als der Alte Elefant das hörte, stimmte auch er dem Antrag zu. Denn er war leider schon zu senil, um das alles zu verstehen. Er war nur froh, dass ihn jemand bei seinem schweren Amt unterstützte. Und er hatte mehr Zeit für seine Ordensammlung.

Schon einen Tag nach der Abstimmung war allen klar, dass der Mutige Pavian Recht hatte. Denn der Listige Schakal zeigte nun offen, wie sehr er das Parlament hasste. Er löste alle Parteien auf und drohte, jeden ins Gefängnis zu stecken, der wieder eine neue Partei gründen wollte.

So gab es nur noch eine einzige Partei: die unbesiegbaren Schakale. Alle anderen hatten Angst, dagegen zu protestieren. Kein Tier durfte mehr frei seine Meinung sagen.

Der Listige Schakal ließ das abgebrannte Gebäude wieder aufbauen. Doch das Parlament bestand nur zum Schein weiter. Statt richtige Politik zu machen, trafen sich dort die Schakale zum Singen. Eigentlich konnte man das gar nicht Singen nennen. Es war eher zum Heulen. Die wenigen Tiere, die am Parlament vorbeigingen, beschwerten sich nicht. Denn überall im

Land patrouillierten jetzt Hyänen und Kojoten in langen Ledermänteln. Die Oberaufsicht hatte der Dicke Schakal. Wenn die Affen, die Löwen und die anderen Tiere laut ihre Meinung sagen wollten, dann schickte er Hyänen vorbei, die gefährlich knurrten.

Die Affen hatten es besonders schwer. Weil der Mutige Pavian den Listigen Schakal als Heuchler beschimpft hatte, wurden nun alle Affen dafür verfolgt. Wurden sie bei heimlichen Treffen erwischt, steckten die Hyänen und Kojoten sie sofort ins Gefängnis.

Kurz darauf starb der Alte Elefant. Er war der Einzige, der dem Listigen Schakal etwas hätte befehlen können. Nachdem er beerdigt worden war, übernahm der Listige Schakal das Amt des Präsidenten. Natürlich ohne sein Volk zu fragen.

Keiner, nicht einmal der frühere Kaiser, hatte jemals so viel Macht gehabt wie jetzt der Listige Schakal. Er konnte im Land der wilden Tiere herrschen, wie es ihm gefiel.

Benno fror. Er faltete den Brief von Helmut Löwe auseinander. Aber auch der Löwe konnte Benno nicht trösten.

Lieber Benno,

der Listige Schakal hat unsere Republik zerstört. Er hatte es von Anfang an geplant. Das schmerzt mich heute noch. Wenn du wissen willst, wie grausam er war, besuche die Ausstellung „Topographie des Terrors". Ich habe dort eine Kerze aufgestellt. Unter ihr liegt ein Umschlag mit dem nächsten Kapitel.

Fürchte dich nicht, Benno. Ich bin bei dir.

In Umarmung dein

Helmut Löwe

Das klang sehr unheimlich. Aber Benno wollte unbedingt wissen, wie es weitergeht. Doch wo sollte diese Ausstellung sein? Benno blätterte in seinem Stadtplan. Er fand nichts.

„Topographie des Terrors", las er laut vor. Er hatte das noch nie gehört und konnte sich auch gar nicht vorstellen, was es bedeuten könnte. Benno wusste ja noch nicht einmal, wo er gerade war. Deshalb suchte er nach Straßenschildern. Er befand sich in einer Gegend, die nicht sonderlich gepflegt wirkte. Die Bank, auf der er saß, stand direkt vor einem hohen Zaun. Dahinter war ein großer verwilderter Erdhügel zu sehen, auf dem Unkraut wucherte. Etwa fünfzig Meter weiter sah er ein Schild. Es sah von Weitem aus wie ein Bauschild. Um sich zu orientieren, ging er hin und staunte nicht schlecht, als er las, was auf dem Schild stand: „Topographie des Terrors“

Direkt dahinter entdeckte er den Eingang zur Ausstellung. Unterhalb des verwilderten Erdhügels waren unter freiem Himmel große Wände mit Schwarz-Weiß-Fotos aufgestellt. Es war eine Ausstellung über den Naziterror und über die Judenverfolgung. Benno guckte sich die Fotos an. Es waren scheußliche Bilder. Er sah verängstigte Menschen, gedemütigte Menschen, gefangene Menschen. Nach ein paar Minuten entdeckte er vor einer Bildwand die Kerze von Helmut Löwe. Auf dieser Wand waren Menschen abgebildet, die fast wie Skelette wirkten. So etwas hatte Benno noch nie gesehen. Er verstand nicht richtig, was diese Fotos bedeuten sollten, ahnte aber Schlimmes, als er den Umschlag, der unter der Kerze lag, öffnete.

10. DIE PANTHER WERDEN VERFOLGT

Der Listige Schakal nutzte seine große Macht aus. Seine nächsten Opfer waren die Panther, die er stets gehasst und verachtet hatte.

Bisher hatten die Panther friedlich im Land der wilden Tiere gelebt. Einige von ihnen waren besonders clever und hatten viel Geld, weil sie mit den anderen Tieren gute Geschäfte machen konnten. Das machte den Listigen

Schakal sehr neidisch. Deshalb fing er an, das Volk gegen die Panther aufzuhetzen. Im Radio sprach er:

„Tiere im Land. Wisst ihr, wie Panther an ihr Geld kommen? Ich sage es euch: Sie hauen euch übers Ohr. Sie machen keine Geschäfte mit euch, sondern stehlen euch das Geld. Sie schleichen leise wie die Diebe. Haben sie nicht darum ihr schwarzes Fell, damit sie niemand nachts bei ihren dunklen Geschäften beobachten kann? Ich sage euch, alle Panther sind Diebe und Räuber. Wollt ihr etwa mit Dieben und Räubern zusammenleben? Nein! Weg mit ihnen!"

Die Panther trauten ihren Ohren nicht. Die meisten waren gerade beim Abendessen, als die Radioansprache übertragen wurde. Vor Entsetzen ließen sie die Gabeln fallen. Manchen blieb sogar der Bissen im Halse stecken. Noch nie hatte jemand so etwas Abscheuliches über sie gesagt, hatten sie doch ihr Geld immer ehrlich verdient.

Die anderen Tiere waren genauso baff. Manche glaubten diesen Unsinn.

„Ehrlich?", wunderte sich ein Gnu und kaute weiter, „so ist das also."

Andere nahmen die Ansprache überhaupt nicht ernst.

„Das ist ja wohl ein schlechter Witz", sagte eine Termitenmutter und reichte ihrer Familie Pudding zum Nachtisch.

Und andere wurden wütend.

„Unglaublich, wie der Listige Schakal schon wieder lügt", schimpfte der Mutige Pavian in seiner Küche. Seine Frau nahm ihm schnell den Teller weg, den er sonst auf den Boden geworfen hätte.

Der Listige Schakal aber führte seinen Plan gnadenlos durch. Er verbot dem Volk, bei den Panthern einzukaufen. Sogar Pantherbilder mussten abgehängt werden und Pantherbücher ließ er öffentlich verbrennen. Panther bekamen keine Arbeit mehr. Doch der Listige Schakal hörte mit seinen Hassplänen nicht auf. Er verkündete, dass er alle Panther in sogenannte Pantherlager zusammenpferchen wollte. „Damit sie keiner mehr sieht", erklärte er.

Als die Tiere aus den Nachbarländern das hörten, waren sie entrüstet. Die Robben und die Großen Vögel sandten sofort ihre Außenminister zum Listigen Schakal, um gegen die Maßnahmen zu protestieren.

„Shocking!", rümpfte der Robben-Minister, ein Seehund mit Melone, empört seine Nase.

„What's going on here? Lasst sofort die Panther in Ruhe!", forderte der große Malibu aus dem Vogelland den Listigen Schakal auf.

Doch der ließ sie reden, nickte höflich und tat das Gegenteil. Er ließ alle Panther im Land festnehmen. Sie wurden auf Lastwagen und in überfüllten Zügen in Pantherlager gebracht.

Die Pantherlager waren eingerichtet wie Gefängnisse mit hohen Stacheldrahtzäunen. Alle Panther mussten dicht gedrängt auf harten Holzpritschen in kalten Hallen schlafen. Die Kojoten passten Tag und Nacht auf, dass keine Panther aus den Lagern flohen. Es gab fast nichts zu essen und die Panther mussten schwer arbeiten. Sie wurden immer schwächer, magerten ab und viele starben.

Doch das interessierte den Listigen Schakal überhaupt nicht. Er war das grausamste Tier, das je regiert hatte.

„Wenn die Panther zu schwach zum Arbeiten sind", sagte er zu den Kojoten und Hyänen, „dann brauchen wir sie nicht mehr. Bringt sie alle um! Dann muss ich sie nie mehr sehen."

Der Listige Schakal entpuppte sich als hasserfüllter Verbrecher, der keine Gnade kannte. Er war so machtbesessen. dass er seinen nächsten mörderischen Plan vorbereitete.

„Wie furchtbar", seufzte Benno, „das wird ja immer schlimmer." Auf einmal bekamen die scheußlichen Schwarz-Weiß-Fotos mit den abgemagerten Menschen einen Sinn. Er schaute noch einmal entsetzt auf die Fotowände. Dann suchte er nach einem neuen Brief vom Löwen. Er schaute sich überall um, fand aber nichts – kein Brief. Auf dem Gelände war es eigentümlich still geworden. Er hatte doch gerade noch ein paar Menschen gesehen, die auch die Ausstellung besuchten. Doch jetzt war niemand mehr da. Kein Lüftchen regte sich.

Plötzlich hörte Benno hinter seinem Rücken jemanden seinen Namen rufen. Die Stimme war ihm vertraut. Er drehte sich um, konnte aber niemanden entdecken. „Benno, hier bin ich“, rief die Stimme. Sie kam aus der Richtung des Erdhügels. Dann sah Benno endlich den Löwen. Der schaute hinter einem Busch hervor. „Komm zu mir“, winkte Helmut Löwe Benno zu sich, „die Geschichte geht hier weiter. Bring aber die Kerze mit.“ Benno war froh, hier in der unheimlichen Ausstellung nun den Löwen an seiner Seite zu haben, nahm die Kerze und ging zu ihm.

Aber wo war Helmut Löwe denn jetzt schon wieder? Benno schob die Zweige beiseite, entdeckte den Eingang zu einem Gang und hörte von drinnen: „Komm rein!“

Benno bückte sich und kroch in den Gang. Er war niedrig. Er musste auf alle viere gehen, um vorwärtszukommen. Es roch modrig und es war dunkel. Die Kerze spendete nur sehr spärlich Licht und Benno musste aufpassen, dass das Kerzenwachs nicht auf seine Hand tropfte.

„Wohin führst du mich?“, fragte Benno. Er fühlte sich nicht besonders wohl. Seine Knie taten auch schon weh.

„In einen Bunker“, antwortete der Löwe ohne anzuhalten, „es ist ein Geheimbunker, den nur wenige Leute kennen. Folge mir!“

„Was wollen wir denn da?“, stöhnte Benno. Der Gang war nun wieder höher und Benno konnte wieder aufrecht gehen. Aber die Wände waren nass und kalt. Er wollte zurück.

„Du willst doch wissen, wie es weitergeht, oder?“, brummte es vor ihm aus dem dunklen Gang.

„Ja, schon“, maulte Benno, „aber muss das ausgerechnet hier sein?“

„Ja. Das nächste Kapitel liegt im Bunker. Ich führe dich dorthin.“

Benno wollte sich gern an der Hand des Löwen festhalten. Doch er schaffte es nicht, ihn einzuholen. Er war einfach zu schnell. „Warte doch auf mich!“, rief Benno. Er konnte ihn nur schemenhaft vor sich erkennen. Zuerst folgte er dem Löwen einen langen Weg geradeaus. Dann gelangten sie an eine Gabelung. Der Löwe verschwand in ein Loch. Benno hatte Mühe, ihn nicht zu verlieren. Immer wieder verzweigte sich der Weg. Die Gänge sahen im Dunkeln alle gleich aus. Nach einer Weile hatte Benno völlig die Orientierung verloren.

„Nicht so schnell! Wo bist du?“, fragte Benno verängstigt. Endlich wartete der Löwe auf ihn. Zusammen traten sie in einen größeren Raum.

„Jetzt sind wir da“, verkündete Helmut. Benno war erschöpft und ein paar Tränen suchten ihren Weg über seine Wangen. Der Löwe nahm ihn liebevoll in seine warmen Tatzen und drückte ihn an sich.

Nachdem Benno sich ein wenig beruhig hatte, erkundete er mit der Kerze in der Hand die Umgebung. Der Raum war etwa drei Meter breit und vielleicht vier, fünf Meter lang und er war vollständig leer. Es gab keine Fenster. Nur nackte kahle Wände. In der Mitte des Raums lag der Umschlag, von dem der Löwe gesprochen hatte. Benno stellte die Kerze ab und hob den Brief auf.

„Es gibt einen Wege nach draußen, mach dir keine Sorgen!“, erklang die Stimme des Löwen aus einiger Entfernung.

Benno erschrak. Der Löwe war gegangen. „Lass mich nicht allein!“, rief er entsetzt. Aber der Löwe antwortete nicht mehr. „Helmut!“, rief Benno. „Hellllmuuut!“ Keine Antwort. Er lief den dunklen Gang entlang, aus dem die Stimme gekommen war. Aber nach zwanzig Metern stand er vor einer Wand. „Helllmuut! Wo bist du?“ Benno fing an zu weinen. „Ich bin ganz allein in einem Bunker“, schluchzte er. Benno hatte plötzlich große Sehnsucht nach seinen Eltern. Wäre er doch lieber zu Moritz gefahren. Verzweifelt ging er zurück in den leeren Raum.

In seiner Umhängetasche fand er glücklicherweise schnell sein Handy. Er wählte Moritz’ Nummer und wartete ungeduldig auf die vertraute Stimme. In diesem Moment hätte er sogar seinen Eltern alles gebeichtet. Alles. Aber im Handy hörte er nur einen sich wiederholenden gleichbleibenden Ton. Benno hatte hier unten im Bunker keine Verbindung zum Netz. Niedergeschmettert setzte er sich auf seine Umhängetasche. Was sollte er jetzt bloß machen? Wie sollte er hier herausfinden?

Er beschloss, den Umschlag zu öffnen. Vielleicht stand da drin, wie er aus dem Bunker herauskäme. „Bleib jetzt ganz ruhig. Helmut Löwe lässt mich schon nicht im Stich“, sagte Benno laut zu sich selbst und wischte sich mit seinem rechten Handrücken die Tränen aus dem Gesicht. Er stellte die Kerze so auf, dass er das neue Kapitel lesen konnte.

11. DER LISTIGE SCHAKAL WILL DAS GRÖSSTE LAND DER WELT SCHAFFEN

Der Listige Schakal wollte alle und alles beherrschen. Das Land der wilden Tiere war ihm längst zu klein geworden. Er wollte auch die anderen Länder besitzen. Deswegen traf er sich mit seinen treuesten Schakalen und verkündete:

„Vom Hühner- bis zum Bärenland soll unser Reich gehen. Es soll das größte Land der Erde werden: das Riesen-Reich der Tiere. Schakale, macht den Traum wahr und rüstet euch zu eurem größten Kampf. Wir sind die unbesiegbaren Schakale! Es lebe das Riesen-Reich der Tiere!“

„Jawoll! Es lebe das Riesen-Reich der Tiere!“, grölten die Schakale im Chor und erhoben ihre Hände.

Der Dicke Schakal rief: „Lasst uns die größte Armee aufbauen, die die Welt gesehen hat. Wir lehren die Hühner und die Bären das Fürchten.“ Dabei rutschte dummerweise seine Hose runter, die er verlegen wieder hochzog.

„Jawoll!“, grölten die Schakale.

Die Armee der Kudus und Bongos wurde nun ständig vergrößert. Ihre Hörner bekamen scharfe Stahlspitzen und ihre Hufe wurden mit gefährlichen Sporen beschlagen.

Sofort eilten die Außenminister der Nachbarländer zum Listigen Schakal, als sie das hörten.

„Sir Schakal", sagte der Seehund vom Robbenland diplomatisch, „wir sind über Ihr Verhalten nicht amüsiert!"

Auch das Hühnerland hatte seinen Außenminister, das gefleckte Huhn geschickt: „Monsieur, verspreschen Sie üns, dass die Grenzen im Land der wilden Tiere so bleiben, wie sie sind."

„Ja, ja", versprach der Listige Schakal heimtückisch. Er hatte die Außenminister zu einem Galadinner eingeladen, um sie in Sicherheit zu wiegen. Dafür hatte er sich sogar seinen Frack angezogen. Bei einem Glas Wein säuselte er: „Ich garantiere, dass ich das Land der wilden Tiere nicht vergrößern werde."

Doch er dachte nicht im Traum daran, sich daran zu halten. Kurz nachdem die Außenminister abgereist waren, überfiel er mit seiner Armee das Land der Hühner. Natürlich waren die Hühner auf diesen Angriff überhaupt nicht vorbereitet. Schnell konnten die Schakale das gesamte Hühnerland besetzen. Der Dicke Schakal hisste in der Hauptstadt am hohen Hühnerturm die Flagge der Schakale.

Kurz darauf marschierte die Armee des Listigen Schakals ins Bärenland ein. Doch die Bären verteidigten sich tapfer.

Die Regierung der Hühner war inzwischen auf die Robbeninsel geflüchtet. Gemeinsam mit den Robben und den Großen Vögeln erklärten sie den gemeinen Schakalen den Krieg, der viele Jahre dauerte.

Doch jeden Tag flogen nun Schwärme von Großen Vögeln ins Land der wilden Tiere und bewarfen es mit zerstörerischen Eierbomben. Die Seelöwenarmee umstellte das Land von der Meerseite und verhinderte, dass Schiffe dorthin gelangten. Die Bären wehrten sich inzwischen so sehr, dass die Schakal-Armee immer weiter zurückgedrängt wurde.

Verwundert bemerkte das Volk der wilden Tiere, dass der Listige Schakal doch nicht so stark war. Im Gegenteil: Sie erkannten, dass der neue Kanzler nur Unheil über ihr Land gebracht hatte.

Ein mutiger Kudu-General versuchte, den Listigen Schakal zu stürzen. Leider scheiterte er. Er wurde von den Hyänen sofort ins Gefängnis gesteckt und umgebracht. Immer mehr verbreiteten Hyänen und Kojoten Angst und Schrecken.

Die Großen Vögel warfen immer mehr Eierbomben ab, die fast alles in Schutt und Asche legten. Dadurch wurde die Not im Land der wilden Tiere wurde immer größer. Viele verloren ihre Liebsten. Andere hatten plötzlich kein Zuhause mehr und konnten sich nichts mehr zu essen kaufen.

Eine der Bomben traf sogar das Parlament der wilden Tiere. Sie knallte mitten auf die große schöne Kuppel. Als der Listige Schakal das sah, verkroch er sich in einen Bunker, um sich selbst zu schützen.

Im Osten hatte die Armee der Braunbären das Land der wilden Tiere Stück für Stück erobert. Vom Westen her drangen die Seelöwen und die Großen Vögel vor. Sogar die Hühner hatten eine neue Armee aufstellen können. Schließlich erreichten die Braunbären als Erstes die Hauptstadt und hissten ihre rote Bärenflagge auf dem kaputten Parlament.

Die Schakale waren besiegt und die Bären, die Robben, die Großen Vögel und die Hühner hatten das Land der wilden Tiere besetzt.

Der Listige Schakal hatte seinen Kampf verloren und verkroch sich ins äußerste Ende des Bunkers. So machtbesessen, wie er war, so feige war er auch. Statt wie ein starker Mann vor seine Richter zu treten, brachte er sich einfach um.

Das ganze Land war zerstört. Millionen Tiere waren gestorben. Viele Tiere mussten fliehen oder saßen verzweifelt auf den Trümmern ihrer Existenz. Aus den Pantherlagern wurden die letzten noch lebenden Panther befreit. Sie waren nur noch Haut und Knochen, so ausgezehrt, dass sie kaum noch gehen konnten.

Alle Tiere im Land neigten ihre Köpfe und schämten sich furchtbar, dass so etwas Schreckliches hatte passieren können.

Benno wollte wissen, ob sich die magische Karte verändert hatte, und holte sie aus seiner Tasche. Er hielt sie dicht an die Kerze, um die Bilder besser zu erkennen. Zu dicht – die magische Karte fing Feuer. Wusch! Es gab es eine große Stichflamme. Benno ließ die magische Karte fallen. Brennend lag sie am Boden. Benno gelang es, das Feuer mit den Füßen auszutreten. Dabei löschte er aus Unachtsamkeit auch die Kerze. Nun war es stockdunkel. Man sah nicht einmal die Hand vor Augen. Müde und verzweifelt setzte Benno sich auf den Boden. Er versuchte nachzudenken. Vor Erschöpfung fielen ihm die Augen zu.

Als Benno aufwachte, war es immer noch stockdunkel. Ihm taten alle Knochen weh und er fror fürchterlich. Zuerst wusste er gar nicht, wo er war. Nur langsam kam die Erinnerung zurück. Helmut Löwe. Der Bunker. Die magische Karte ... Vorsichtig ertastete Benno die Überreste der magischen Karte auf dem Boden. Sie bestand nur noch aus kleinen Papierfetzen und Asche. Benno ärgerte sich, dass er so unachtsam gewesen war. Die magische Karte war zerstört. „Damit ist die Geschichte wohl zu Ende“, dachte er.

Wie spät es wohl war? Benno hatte keine Ahnung. Er war hungrig. Das Letzte, was er gegessen hatte, war das Picknick im Tiergarten.

Benno versuchte, so schnell wie möglich aus dem Bunker herauszukommen. Irgendwo musste doch ein Ausgang sein. Die Überreste der magischen Karte wollte er mitnehmen. Er fischte nach den Papierfetzen, steckte sie in seine Jacke und band seine Umhängetasche um. Dann tastete er sich an der Wand entlang. Es gab mehrere Gänge. Woher war er bloß gekommen? Er entschied sich für den ersten Gang und – hatte Glück. Einige Minuten lang tastete er sich in der Finsternis voran, dann bemerkte er an der Decke einen Lichtstrahl. Der Lichtstrahl kam durch ein Gitter. Unterhalb des Gitters war eine Eisenleiter in die Wand gehauen.

Benno kletterte sie hoch. Endlich sah er die Morgensonne am blauen Himmel. Zum Glück war das Gitter, das nur lose auflag, nicht schwer. Es ließ sich ohne große Mühe zur Seite heben. Erleichtert kroch Benno aus dem Loch. Er war an einer merkwürdigen Stelle gelandet. So weit sein Auge blickte, sah er schwarze rechteckige Steinsäulen. Hohe und niedrige. Die Morgensonne gab ihnen einen eigentümlichen Glanz.

„Das muss das Holocaust-Denkmal sein", dachte Benno. Er hatte in seinem Reiseführer darüber gelesen. Dieses Denkmal sollte an die Millionen von den Nazis ermordeten Juden erinnern.

Benno drehte sich um sich selbst und versuchte, sich zu orientieren. Ganz in der Nähe entdeckte er das Brandenburger Tor. Er wusste, dass das Hotel Adlon ein paar Schritte davon entfernt lag. Ohne zu zögern, machte er sich auf den Weg.

In dem Moment, als er das Hotel erreichte, fuhr eine große Limousine mit einer französischen Flagge auf dem Kühler vor. Ein kleiner Mann stieg aus und wurde von seinem Gefolge umringt. Es war der französische Präsident, der mit Sicherheit zum Endspiel seiner Mannschaft nach Berlin gekommen war.

Der Hotelportier lächelte nicht, sondern runzelte sichtbar die Stirn, als er Benno sah. Er schaute an sich herunter. Er war schmutzig. Sehr schmutzig. „Wohin willst du denn?“, fragte der Portier und wollte Benno aufhalten.

„Ich will in meine Suite“, antwortete er knapp und ging an ihm vorbei zur Rezeption. Dort fragte er nach dem Schlüssel für die Kaisersuite.

„Es tut mir leid, junger Mann“, sagte die Empfangsdame, „die Kaisersuite ist schon wieder belegt. Der Gast ist gerade angekommen.“

„Aber ich möchte nur duschen und frühstücken. Danach fahre ich nach Hause“, sagte Benno. Näselnd antwortete die Empfangsdame: „Also gut, ich mache eine große Ausnahme. Ich gebe dir ein Zimmer, in dem du dich waschen kannst. Frühstücken musst du in der Küche. Okay?“ Sie reichte ihm einen Schlüssel.

Benno suchte sein neues Zimmer. Es war im Kellergeschoss. Diesmal begleitete ihn niemand. Er hatte sich fest vorgenommen, nach dem Frühstück nach Hause zu fahren. Da die magische Karte zerstört war, nahm er an, er hätte seine Aufgabe nicht erfüllt und seine Reise sei zu Ende. Aus dem Endspiel live in Berlin würde jetzt nichts mehr werden.

Am Ende eines Korridors fand er das Zimmer. Es war schlicht, aber praktisch eingerichtet. Ein schmales Bett, ein kleines Tischchen und im Badezimmer eine Duschkabine. Benno war verblüfft, als er auf dem Tisch einen Umschlag bemerkte. „Geht die Geschichte doch noch weiter?“ Hastig öffnete er den Umschlag. Außer dem nächsten Kapitel fand sich darin wieder ein Brief.

Lieber Benno,

ich bin sehr stolz, dass du es bis hierhin geschafft hast. Wenn du dachtest, deine Reise wäre vorbei, hast du dich geirrt. Du willst doch zum Endspiel, oder? Aber das Schlimmste hast du hinter dir. Zum nächsten Umschlag musst du ein wenig fahren. Nimm die S-Bahn zur Station Wannsee. Kauf dir im Strandkiosk den Bonner Kurier. Darin wirst du das nächste Kapitel finden.

Dein

Helmut Löwe

Benno fiel ein großer Stein vom Herzen. Die Karte für das Endspiel war wieder zum Greifen nah. Sofort suchte er auf dem Stadtplan die genannte S-Bahnstation. Sie lag ziemlich weit weg, am Stadtrand von Berlin. Nachdem er sich geduscht und umgezogen hatte, knurrte sein Magen so laut, dass Benno gleich zum Frühstücken ging. In der Küche war ein kleiner Tisch für ihn gedeckt. Das Frühstück war bei Weitem nicht so reichhaltig wie am Tag zuvor. Es gab zwei Brötchen, zwei Scheiben Wurst und zwei Scheiben Käse. Dazu heiße Schokoladenmilch. Benno wurde trotzdem satt. Er bedankte sich bei der Köchin, die ihm immer zugelächelt hatte, während sie heißen Kaffee für die Hotelgäste zubereitet hatte.

Dann nahm Benno seine Umhängetasche und ging mit dem Stadtplan in der Hand zur nächsten S-Bahnstation. Zum Wannsee brauchte er mindestens dreißig Minuten Fahrtzeit. Genügend Zeit, um das nächste Kapitel zu lesen.

12. DIE NACHBARLÄNDER BESETZEN DAS LAND DER WILDEN TIERE

An der Stelle, an der einst das prächtige Parlament gestanden hatte, gab es nur noch ein trauriges, kaputtes Gebäude. Die Kuppel ragte als Skelett in den Himmel. Aber die Inschrift „Dem Volke der Tiere" konnte man noch lesen.

Das Parlament gab es nicht mehr. Die Herrscher der vier siegreichen Nachbarländer beschlossen, das Land der wilden Tiere in vier Zonen aufzuteilen. Im Norden gab es die Robbenzone. Dort hatte der Dicke Seelöwe, der gerne Zigarren rauchte, das Sagen. Im Süden wurde die Vogelzone errichtet. Hier war der Mächtige Seeadler mit den Kaugummis der wichtigste Mann. Im Westen regierte der Große Hahn mit dem krummen Schnabel die Hühnerzone. Der Osten wurde vom Oberbären mit dem eiskalten Blick beherrscht. Der Oberbär war der Chef der Bärenzone.

Die vier Herrscher wollten dem Land der wilden Tiere helfen, eine neue Regierung zu bilden. Deshalb trafen sie sich regelmäßig an einem runden Tisch.

„Guys, das Land der wilden Tiere braucht wieder ein Parlament", sagte der Mächtige Seeadler und machte eine große Kaugummiblase.

„Yes, Gentlemen", bestätigte der Dicke Seelöwe. Er zog kräftig an seiner Zigarre und pufften dicke Rauchkringel in die Luft. „Alle wilden Tiere sollen wieder selbst bestimmen können, was in ihrem Land geschieht."

Der Große Hahn zog eine Augenbraue hoch und wedelte mit seinem Flügel den Rauch aus dem Gesicht: „Absolüt rischtig. Lasst uns das Parlament wieder reparieren."

Vom Oberbären hörte man nur ein verächtliches Brummen. Er starrte auf den Tisch und kratzte sich an seinem Fuß. Einen seiner gewaltigen Schuhe hatte er dafür ausgezogen.

„Njet!", donnerte er los und schlug mit seinem Schuh auf den Tisch. „Ein Parlament ist nicht gut für das Land der wilden Tiere. Wir haben doch gesehen, wohin das führt. Die Krokodile sollen die Macht übernehmen. Sie haben tapfer gegen die bösen Schakale gekämpft. Und wir haben sie im Bärenland für eine anständige Regierung ausgebildet. Jetzt lasst sie im Land der wilden Tiere regieren. Basta!"

Die vier Herrscher diskutierten lange, konnten sich aber nicht einigen, weil der Oberbär immer anderer

Meinung war. Deswegen trafen sich der Dicke Seelöwe, der Mächtige Seeadler und der Große Hahn allein. Zu ihrem Treffen hatten sie den Alten Löwen und den Weisen Pavian aus dem Land der wilden Tiere eingeladen. Die beiden hatten vor dem großen Krieg versucht, den Listigen Schakal zu stürzen, als dieser an der Macht war. Doch Hyänen hatten die zwei ins Gefängnis gesteckt.

Der Alte Löwe hatte aus lauter Kummer darüber viele Haare seiner einstmals schönen Mähne verloren. Nun waren die wenigen Haare, die ihm noch geblieben waren, matt und grau. Der Weise Pavian hatte wegen der kalten Nächte im Gefängnis eine krächzende Stimme bekommen und langes Reden strengte ihn an. Er bekam dann einen roten Kopf. Trotzdem konnte er immer noch weise Ratschläge geben. Der Alte Löwe und der Weise Pavian waren im Land der wilden Tiere noch immer hoch angesehen.

„Guys", begann der Mächtige Seeadler schmatzend, „der Oberbär redet Bullshit. Nur eine Republic ist acceptable im Land der wilden Tiere."

„Yes, Sir Seeadler, I agree", sagte der Dicke Seelöwe, nickte und trank genüsslich einen Schluck Tee. „Lasst uns unsere drei Zonen zusammenlegen."

„Oui, messieurs. Wenn ihr unsere Freunde seid", sagte der Große Hahn zum Alten Löwen und zum Weisen Pavian, „dann werden wir eusch 'elfen." Dabei rückte er sein schickes Käppi gerade, das er so gern trug.

„Ich danke euch", sagte der Alte Löwe. „Ich freue mich über eure Vorschläge. Ich will euer Freund sein. Wir müssen überlegen, wie die neue Republik aussehen soll. Und wir brauchen schnell wieder ein Parlament."

„Aber lasst uns nicht die Tiere im Osten vergessen", krächzte der Weise Pavian. „Wir sind schließlich ein Land. Auch sie sollten im Parlament vertreten sein."

„Sorry, Sir Pavian", sagte der Dicke Seelöwe und setzte seine Teetasse auf den Unterteller.

„Aber die Bären sind against it. Wir müssen jetzt handeln. Please! Sonst schicken die Bären ihre Krokodilfreunde auch in unsere Zonen."

„Yes, guys“, stimmte der Mächtige Seeadler zu und spuckte seinen Kaugummi aus. „Let's go for it!“

„Dann soll es aber nur vorübergehend sein“, sagte der Weise Pavian ein wenig bekümmert.

Als Benno an der S-Bahnstation Wannsee ankam, entdeckte er am Ausgang gleich den wunderschönen großen See. Er musste nur eine Straße überqueren, um zum Strand zu gelangen. Dort sah er den kleinen Kiosk. Benno freute sich, dass er so schnell sein Ziel gefunden hatte.

„Den Bonner Kurier, bitte“, sagte Benno zum Kioskbesitzer.

„Du hast Glück, es ist das letzte Exemplar“, antwortete der.

Die Überschrift fiel Benno sofort ins Auge: „3:1 gegen Portugal. Ihr seid unsere Weltmeister.“ Während er die Nacht im Bunker verbracht hatte, hatte in Stuttgart die deutsche Mannschaft den dritten Platz erkämpft. Benno ärgerte sich. Das Spiel hätte er unbedingt sehen wollen. In diesem Moment klingelte sein Handy.

„Hey Benno“, meldete sich Moritz. „Ich dachte, du rufst mich an. Tolles Spiel gestern, nicht wahr? Aber sag mal, hast du den Löwen wieder getroffen? Und hast du die Karte für das Endspiel schon bekommen. Ich tippe, dass Frankreich gewinnt.“

Benno war froh, dass er endlich jemandem seine Erlebnisse erzählen konnte. Moritz rief immer wieder dazwischen, weil er nicht glauben konnte, was er hörte. „Ich erzähl dir alles ganz genau, wenn ich wieder in Frankfurt bin. Aber jetzt muss ich sehen, was der Löwe mit mir vorhat“, beendete Benno das Gespräch.

„Pass auf dich auf, Benno“, schloss Moritz, „und ruf mich an, wenn du Hilfe brauchst.“

Benno ging mit der Zeitung zum Strand und setzte sich in den weichen Sand. Dabei fiel ein Umschlag heraus. „Das neue Kapitel“, freute er sich.

Da es warm geworden war, zog er seine Jacke aus. Als er sie neben sich legte, bemerkte er die ausgebeulte Tasche. „Was ist denn das?“, wunderte sich Benno und fasste hinein. Zu seiner Überraschung fühlte er statt der Papierfetzen der verbrannten magischen Karte das ihm bekannte weiche Material. Er zog es heraus. „Juhu, die magische Karte ist wieder ganz“, juchzte Benno. Doch – er hielt zwei Teile in der Hand. Die Karte war zweigeteilt. Alle Länder hatten wieder ihre ursprünglichen Farben. Der Riss lief genau durch das Land der wilden Tiere, das jetzt aber kleiner geworden war. Die Bären hatten einen großen Teil vom Land der wilden Tiere übernommen, denn es hatte jetzt die rote Farbe des Bärenlandes. Der Schakal war verschwunden. Das Parlament war auch nicht mehr zu sehen. Stattdessen waren in beiden Teilen vom Land der wilden Tiere die vier Chefs der Nachbarländer abgebildet: der Dicke Seelöwe, der Mächtige Seeadler und der Große Hahn im westlichen Teil, der grimmige Oberbär im östlichen Teil. Alle vier hatten ihre Länder verlassen. „Das sind die vier Herrscher der Nachbarländer“, dachte Benno laut. Sie regierten jetzt im Land der wilden Tiere. Was würde wohl nun passieren?

VOGELLAND
ROBBENLAND
HÜHNERLAND

LAND DER
WILDEN TIERE
BÄRENLAND

13. DAS LAND DER WILDEN TIERE WIRD GETEILT UND DER ALTE LÖWE WIRD KANZLER VOM WESTLAND

Zur gleichen Zeit sprach der Oberbär mit den Krokodilen, die wieder ins Land der wilden Tiere zurückgekehrt waren und nun in der Bärenzone lebten. Er saß im ehemaligen Kanzlergebäude auf einem mächtigen Stuhl und lümmelte mit seinen großen Füßen auf dem Schreibtisch.

„Dawai, Genossen Krokodile. Die Großen Vögel, die Robben und die Hühner wollen wieder so eine Republik gründen, die hier schon einmal viel Unglück gebracht hat. Wir Bären haben euch aber nicht umsonst befreit. Das lassen wir uns nicht gefallen."

„Du hast recht", sagte der Anführer der Krokodile. Da er keinem Bären widersprach, wurde er auch Unterwürfiger Alligator genannt. Er war klein und trug einen weißen Spitzbart. „Was sollen wir machen?"

Der Oberbär bestimmte eine eigene Ost-Regierung und nannte sie den „Rat der Krokodile". An die Spitze stellte er den Unterwürfigen Alligator und nannte ihn „Vorsitzender". Die einzige Partei, die es gab, war die Krokodilpartei.

Da er aber dem Unterwürfigen Alligator nicht traute, befahl der dem Grimmigen Graubären, auf ihn aufzupassen. Er sollte ihm alles melden, sich aber mit den

Tieren im Land gut stellen. Deswegen setzte der Grimmige Graubär sein freundlichstes Grinsen auf, als er sich bei der Krokodilpartei vorstellte. „Genossen Krokodile", brummte er. „Ab jetzt helfen wir euch immer."

Im Westen hatte der Alte Löwe inzwischen Vertrauensmänner gesucht, mit denen er diskutierte, wie die zukünftige Republik aussehen sollte.

So entstand im Westen das Westland und im Osten das Ostland.

Das Volk war nicht begeistert. Das Land der wilden Tiere war wieder geteilt. Das kaputte Parlament stand im Westland. Direkt dahinter verlief die neue Grenze. Das berühmte Tor der Tiere befand sich bereits im Ostland.

Benno wollte auch nicht, dass das Land der wilden Tiere wieder geteilt wurde. Deswegen ging er zum Kiosk zurück und kaufte ein Klebeband. Er drehte die Kartenstücke auf die Rückseite und wollte beide Teile zusammenfügen, so wie er es schon einmal gemacht hatte. Leider hielt das Klebeband diesmal nicht.

Benno versuchte es mehrmals. Es gelang ihm aber nicht. Erfolglos drehte er die beiden Teile wieder um. In dieser Zeit hatte wieder eine Veränderung stattgefunden. Allerdings nur auf der linken Kartenhälfte.

Der Teil vom Land der wilden Tiere, auf dem nur noch die Worte „Land“ und „wilden“ geschrieben standen, lag im Westen. Das musste das Westland sein. Zu seiner Überraschung entdeckte Benno das Vornehme Warzenschwein wieder auf der Karte. Es war Präsident geworden. Und ein Löwe mit schütterem Haar war der neue Kanzler. Das Parlament war wieder da. Jedoch nur zur Hälfte. Es war in der Mitte durchgeschnitten und hatte keine Kuppel mehr. Es gab auch wieder eine Abbildung von den Parteien im Parlament. Benno prüfte, ob die Partei der unbesiegbaren Schakale darunter war. Er entdeckte sie nicht. Auch keine Krokodile. Löwen und Tiger bildeten jetzt zusammen eine Partei. Außer dieser waren nur noch Affen und Warzenschweine im Parlament vertreten. Die Herrscher aus den Nachbarländern waren wieder in ihre Heimat zurück gekehrt.

VOGELLAND
ROBBENLAND
HÜHNERLAND

Präsident
LAND
WILDEN
Kanzler
Löwen & Tiger
Warzenschweine
Affen

Benno las die Geschichte weiter.

Der Alte Löwe forderte freie Wahlen. Deswegen wurden im Westland wieder Parteien gegründet. Die Affen nannten ihre Partei wie gehabt Affenpartei. Die Partei der schnellen Warzenschweine hatte jetzt den Namen PSW. Den konnte man noch schneller aussprechen. Die Löwen, Tiger, Leoparden und andere Raubkatzen schlossen sich zur Neuen Löwen- und Tigerpartei zusammen. Die Termiten gründeten eine Terminator-Partei. Die Ameisenbären hatten mit den Zebras ihre Streifenpartei. Die Partei der unbesiegbaren Schakale war jedoch verboten worden. Ein paar wenige unbelehrbare Tiere, die immer noch nicht glaubten, dass der Listige Schakal ein Verbrecher war, machten eine Partei der Wüstenfüchse auf.

Doch nach der Wahl kamen nur drei Parteien ins Parlament: die Affenpartei, die Neue Löwen- und Tigerpartei und die PSW. Die anderen Parteien hatten nicht genug Stimmen bekommen.

Das zerbombte Parlamentsgebäude war untauglich zum Tagen, zudem erinnerte es an den schrecklichen Krieg. Deshalb beschloss der Alte Löwe, dass das Parlament in eine andere Stadt umziehen sollte.

Der Gutmütige Orang-Utan hatte den Krieg überlebt und war froh, dass er wieder die Sitzungen im Parlament leiten durfte. Er war ein bisschen älter geworden und brauchte jetzt eine Brille. Einen Gehrock trug er nicht mehr, sondern einen schwarzen Anzug. Mit einer kleinen Handglocke eröffnete er die erste Sitzung:

„Liebe Tiere, der große Krieg ist vorbei. Der Listige Schakal ist tot. Deshalb lasst uns vernünftig sein und klug regieren.“

Das Westland brauchte nun dringend einen gescheiten und friedliebenden Kanzler. Alle Löwen, Tiger und Leoparden stimmten für den Alten Löwen. Auch die Warzenschweine stimmten für ihn. Die Affen wählten den Weisen Pavian. Aber der bekam nicht genug Stimmen. So wurde der Alte Löwe der erste Kanzler im Westland.

Er strich mit seiner Tatze durch seine schüttere Mähne und ging stolz zum Rednerpult.

„Danke, liebe Tiere. Ich will ein guter Kanzler sein. Ich will nie euer großes Vertrauen missbrauchen und alles tun, damit wir nie wieder Krieg haben. Ab nun sollt ihr wieder selbst bestimmen, was in unserem Land passiert.“

Alle Tiere klatschten laut Beifall und hatten wieder Hoffnung.

Der Weise Pavian vertrat die gleiche Meinung. Doch dachte er wehmütig daran, dass das Land der wilden Tiere wieder geteilt war. Er wollte alle noch einmal daran erinnern und hielt mit seiner heiseren Stimme eine weitsichtige Rede.

„Liebe Tiere, die Bären haben durch unsere Heimat eine Grenze gezogen. Der Dicke Seelöwe nennt sie den

‚Eisernen Vorhang'. Ist das nicht schrecklich? Wir wollten doch immer in einem Land leben. Damit wir das nie vergessen, habe ich ein Lied gedichtet – eine Hymne der Tiere."

Es klang anrührend, als der Weise Pavian heiser anfing zu singen:

„Land der wilden Tiere sind wir,
aber nur wenn wir geeint.
Deshalb lasst uns dafür kämpfen
gegen jeden bösen Feind.
Nur ein Parlament soll uns leiten:
das wir Tiere frei gewählt.
Alle Tiere für die Freiheit.
Einigkeit ist das, was zählt."

Vor Anstrengung hatte er einen roten Kopf bekommen.

Ein paar Tage nach der Rede des Weisen Pavians wurde noch einmal gewählt. Alle waren sich einig, dass der Kanzler das Land nicht allein regieren sollte. Das Westland brauchte einen Präsidenten.

„Doch der Präsident soll nie mehr allein das Parlament auflösen dürfen", wandte einer der Tiger ein.

„Und er darf nicht so viel Macht haben, dass er den Kanzler allein bestimmen darf", sagte ein Warzenschwein.

„Genau! Damit nie wieder ein Schakal in unserem Land herrscht", ergänzte eine Meerkatze.

Weil das Vornehme Warzenschwein damals als Kanzler in der ersten Republik seine Arbeit gut gemacht hatte, wurde es zum Präsidenten gewählt. Damit war es einverstanden. Die größte Macht im Westland hatte nun der Kanzler. Und das Gute war: Die Tiere im Parlament konnten ihn jederzeit abwählen, wenn sie unzufrieden mit ihm waren.

Plötzlich klingelte Bennos Handy wieder. Diesmal war es seine Mutter. „Na, Benno, wie war eurer Fußballspiel gegen Offenbach gestern?"

„Ähm ... wir haben gewonnen", stotterte Benno.

„War doch klar." Er hoffte inständig, dass er recht hatte. Hätte er doch nur Moritz danach gefragt, dann wüsste er jedenfalls, dass er keinen Unsinn erzählte.

„Ist mit deinem Knie alles in Ordnung?", fragte Bennos Mutter.

„Mach dir keine Sorgen. Alles bestens", log Benno. „Du, Mama, wo du gerade am Telefon bist. Kann ich dich etwas fragen?"

„Schieß los! Was gibt es denn?"

„Moritz und ich machen gerade Hausaufgaben in Geschichte. Ich muss noch einen Aufsatz über das Parlament schreiben."

„Das finde ich klasse, dass ihr nicht nur an Fußball denkt und eure Hausaufgaben nicht vergesst", warf seine Mutter ein.

„Pass auf!“ Benno guckte auf die magische Karte vor sich. „Wenn das Volk keine gefährlichen Parteien ins Parlament wählt, geht das Regieren bestimmt besser, oder?“

„Ja, klar“, antwortete Bennos Mutter. Sie war glücklich, dass sie ein wenig helfen konnte. „Radikale Parteien stiften meistens nur Unruhe. Ohne sie ist es im Parlament viel ruhiger. Wenn das Volk sie nicht mehr wählt, ist es klüger geworden.“

Benno fiel noch eine Frage ein: „Mama, kannst du mir sagen, wer mehr Macht hat: der Präsident oder der Kanzler?“

„In Deutschland ist es so“, erklärte Bennos Mutter, „die wichtigste Person im Land ist der Bundespräsident, aber die größte Macht hat der Bundeskanzler oder die Bundeskanzlerin. Er oder sie wird vom Parlament gewählt und entscheidet, wie regiert werden soll.“

„Danke“, erwiderte Benno. Er nickte. Der Präsident war nicht mehr so mächtig wie vorher. „Du hast mir sehr weitergeholfen. Bis heute Abend.“ Dann verabschiedeten sich beide.

Benno hatte den Brief des Löwen noch nicht gelesen.

Mein lieber Benno,

das nächste Kapitel liegt im Palast der Republik. In der ehemaligen Volkskammer. So heißt der frühere Sitzungssaal des Parlaments der DDR. Das Gebäude wird gerade abgerissen. Aber es gibt einen versteckten Eingang am Bauzaun. Ich bin mir sicher, du wirst ihn finden. Du wirst sehr wahrscheinlich die letzte Person sein, die die ehemalige Volkskammer betritt. Bewege dich vorsichtig im Palast der Republik. Ich möchte nicht, dass dir Steine auf den Kopf fallen.

Viel Glück!

Dein

Helmut Löwe

„Na gut, also wieder zurück in die Innenstadt.“ Benno erinnerte sich an den Palast der Republik. Er stand am Schlossplatz, in unmittelbarer Nähe zum alten Schlossportal, wo er schon einmal ein Kapitel vom Pförtner bekommen hatte.

In der S-Bahn holte er die beiden Teile seiner magischen Karte aus der Tasche. Im Westland hatte sich nichts verändert. Aber die zweite Hälfte der magischen Karte war jetzt neu bebildert. Der übrig gebliebene Teil vom Land der wilden Tiere musste Ostland sein. Es hatte sich rot gefärbt und sah so aus, als ob es zum Bärenland gehörte. Der Oberbär war zwar wieder in sein Bärenland heimgekehrt, aber an der Spitze von Ostland stand jetzt der Grimmige Bärengeneral, von dem Benno bereits gelesen hatte. Unterhalb des Bärengenerals war das Krokodil mit dem Spitzbart zu sehen. „Vorsitzender“, las Benno laut. „Das ist der Vorsitzende des Rats der Krokodile.“

Die zweite Hälfte des alten Parlaments, dem die Kuppel abhandengekommen war, war ebenfalls wieder da. Wie er schon gelesen hatte, saßen in diesem Parlament nur Krokodile.

General
DER TIERE
BÄRENLAND
Vorsitzender
Krokodile

Benno fuhr mit der S-Bahn bis zum Alexanderplatz. Nur ein paar Menschen flanierten über den Platz. Er war sehr froh, dass es wieder ruhig hier war. Wieder fiel ihm der riesige Fernsehturm mit seiner Fußballkugel auf, den er schon vom Reichstag aus gesehen hatte. Staunend betrachtete er ihn von unten. Dann ging er zirka fünfhundert Meter die Karl- Liebknecht-Straße entlang und überquerte eine alte Brücke, die über die Spree führte. Und da war er schon, der Palast der Republik. Er sah überhaupt nicht wie ein Palast aus, sondern war eigentlich eine Ruine. Er hatte keine Fenster mehr. Hinter einem Bauzaun standen Kräne und Bagger, die das Gebäude abtragen sollten. Überall am Bauzaun waren Schilder angebracht, auf denen ‚Betreten verboten' stand.

„Hat der Löwe nicht geschrieben, ich soll einen versteckten Eingang benutzen?", fragte sich Benno. Er suchte an der Seitenfront der Ruine. An einer kleinen Stelle hatte die Absperrung tatsächlich eine Lücke. Benno passte gerade hindurch. Er ging durch Steintrümmer vorsichtig ins Innere des Hauses. Dort sah es schlimm aus. Von den Wänden bröckelte der Putz. Merkwürdige Reste von riesigen Lampen lagen auf dem Boden. Die Decken waren teilweise eingefallen.

„Na, hier war wirklich schon lange keiner mehr", dachte Benno und überlegte, wo er diesen Sitzungssaal finden könnte. Nach einer Weile entdeckte er ein verbeultes Schild, auf dem „Volkskammer" stand. Darunter war ein Pfeil. Er folgte dem Pfeil und fand kurz darauf eine große Tür. Sie führte ihn in einen großen Raum. Auf den Sitzreihen lag Putz und der Teppich war von Unrat übersät. Vorn gab es ein Rednerpodium wie im Reichstag.

Benno stieg über den Müll hinweg zum Podium und fand den Umschlag von Helmut Löwe. Als er ihn nahm und den Staub herunterpustete, hörte er ein furchtbares Gerumpel über sich. Gerade noch rechtzeitig sprang er beiseite und fast wäre ihm ein Stück Deckenverkleidung auf den Kopf gefallen. Ganz schnell verließ er das Gebäude auf dem gleichen Weg, den er gekommen war.

In der Nähe vom Palast der Republik legte er sich auf einen Rasen, breitete die beiden Teile der magischen Karte aus und studierte das neue Kapitel.

14. DIE TIERE IM OSTLAND MACHEN EINEN AUFSTAND

Im Ostland war alles ganz anders. Dort hieß die Regierung „Rat der Krokodile", ihr Chef war der Unterwürfige Alligator. Doch die wirkliche Macht hatte der Grimmige Graubär. Die Krokodile mussten das tun, was der Graubär bestimmte. Der wiederum bekam strenge Befehle vom Oberbären aus dem großen weiten Bärenland. Denn der Oberbär wollte das Ostland unter seiner Kontrolle halten.

Damit das Volk im Ostland nicht bemerkte, wie es bevormundet wurde, bestimmte der Grimmige Graubär, dass der Unterwürfige Alligator ein Parlament wählen sollte. Doch nur zum Schein. Die Tiere sollten glauben, mitbestimmen zu dürfen. Deshalb dachte sich der

Grimmige Graubär einen hübschen Namen aus: Republikpalast. Im Republikpalast wurden jedoch nur Krokodile zugelassen, die im Ost-Parlament sitzen durften. So wollte der Oberbär verhindern, dass das Volk der wilden Tiere seine Meinung sagen durfte.

Die Tiere im Osten hatten nun ihren protzigen Republikpalast. Die Tiere im Westen regierten in einem bescheidenen Parlamentshaus in der kleinen Stadt. Einige dachten wehmütig an ihr altes schönes Parlament in der Hauptstadt.

„Lasst uns das alte Parlament wiederaufbauen", schlug ein Gorilla im Westland vor.

„Das ist keine gute Idee", sagte der Alte Löwe, „das Gebäude ist doch ein Symbol für das vereinte Land der wilden Tiere. Wir sollten nicht darin tagen, solange es ein Ost- und ein Westland gibt."

„Lasst uns abstimmen, ob wir so lange in der kleinen Stadt bleiben wollen", schlug der Gutmütige Orang-Utan vor.

Die Mehrheit war dafür. So blieb das neue Parlament vorerst in der kleinen Stadt.

Der Weise Pavian grübelte, ob diese Entscheidung klug war. Er kratzte sich am Kopf und hielt dann im Fernsehen eine Rede an die Tiere im Osten.

„Wir haben euch nicht vergessen. Wenn das Land der wilden Tiere wieder eins ist, werdet ihr sehen: Dann werden wir zusammen in unser schönes altes Parlament einziehen. Ihr müsst nur daran glauben."

In der Hoffnung darauf wurde das alte Parlament repariert. Die prachtvolle Kuppel, von der nur ein Skelett übrig geblieben war, konnte aber nicht wiederhergestellt werden. Sie war zu morsch und musste abgerissen werden.

„Deswegen hat das Parlament auf der Karte also keine Kuppel mehr", murmelte Benno.

Alle Tiere in Ost- und Westland waren traurig. Sie mussten an der neuen Grenze lange warten, um ihre Verwandten zu besuchen.

Im Ostland gab es weniger schöne Dinge zu essen als im Westland. Deswegen dauerte es nicht lange, bis ein paar Leoparden, Zebras und Ameisenbären aus dem Osten auf die Straße gingen, um ihrem Ärger Luft zu machen. Mehrere Gnus, Antilopen und Kaffernbüffel, die gerade zur Arbeit oder zum Einkaufen gingen, applaudierten den Demonstranten und entschlossen, spontan mitzumachen.

In kurzer Zeit versammelten sich mehrere hundert Tiere vor dem Republikpalast.

„Wir wollen keine Grenzen mehr und wir wollen auch die leckeren Sachen aus dem Westland haben", riefen ein paar Zebras.

„Wir sind am Ende unserer Qualen, wir wollen freie Wahlen!", forderten die Leoparden laut.

„Weg mit dem Unterwürfigen Alligator!", schrien die Kaffernbüffel.

„Lasst uns zu unserem alten Parlament gehen", rief plötzlich ein Warzenschwein.

„Jaaaa!", brüllten die Tiere und marschierten los.

Das alte Parlament stand aber im Westland. Die Demonstranten konnten nur über den Grenzübergang gehen, der direkt hinter dem berühmten Tor der Tiere war.

Als der Unterwürfige Alligator vom Aufstand hörte, besichtigte er gerade das Autowerk vom Ostland. Er saß am Lenkrad in einem Miniauto. Vor lauter Aufregung stieß er sein großes Maul an die Windschutzscheibe.

Aua", rief er und rieb an seinem kleinen Bart. Er wusste nicht, was er tun sollte. Deshalb telefonierte er mit dem Grimmigen Graubären.

Der war gerade dabei, auf seinem großen Schreibtisch kleine Spielzeugbären zu einer Armee aufzubauen. Er tobte vor Wut, als das Unterwürfige Krokodil ihm erzählte, was los war.

„Dawai, ihr lahmen Krokodile. Die Krokodilpolizei soll sofort die Demonstration auflösen. Wenn das nicht hilft, dann wird meine Braunbär-Armee die dummen Tiere eben auseinandertreiben. Dawai!"

Der Unterwürfige Alligator befahl der Krokodilpolizei über Funk, sofort Sperren aufzubauen. Die Tiere ließen sich davon aber nicht abhalten.

„Weg mit dem Unterwürfigen Alligator!“, riefen sie. „Wir wollen wieder unser altes Parlament.“

Der Grimmige Graubär telefonierte mit dem wachhabenden Krokodil am Grenzübergang. Als es die Stimme des Grimmigen Graubärs erkannte, stand es sofort stramm. Es erzählte, dass die wenigen Krokodile an der Grenze die vielen Demonstranten bestimmt nicht aufhalten könnten.

„Njet, njet, njet. Genug, genug, genug!“, brüllte der Grimmige Graubär. Mit seiner Tatze wischte er sämtliche Spielzeugsoldaten von seinem Schreibtisch. „Lasst sofort die Braunbär-Armee aufmarschieren. Treibt die dummen Tiere auseinander! Lasst sie auf keinen Fall über die Grenze.“

Plötzlich tauchten überall Braunbär-Soldaten mit gefletschten Zähnen hinter den Häusern und aus den U-Bahnschächten auf. Die demonstrierenden Tiere bekamen Angst und rannten auseinander. Das Geschrei war groß. Die Braunbär-Soldaten nahmen einige Tiere brutal fest, legten ihnen Handschellen an und steckten sie ins Gefängnis.

Wie ein Lauffeuer verbreitete sich die Nachricht im Westen. In der kleinen Stadt wurde eiligst eine Parlamentssitzung einberufen. Der Alte Löwe kämmte *seine matte Löwenmähne streng nach hinten und hielt mit ernster Miene eine Ansprache.*

„Das ist ein schlimmer Tag für unser Land. Die Tiere im Osten haben heute gezeigt, dass sie in Freiheit leben wollen. Krokodile, ich fordere euch auf: Gebt ihnen diese Freiheit! Lasst endlich freie Wahlen zu! Für ein geeintes Land. Alligator, tritt zurück! Du bist sowieso nie wirklich der Chef im Osten gewesen."

Der Unterwürfige Alligator lachte verächtlich, denn er dachte nicht daran, seinen Posten abzugeben. Er war inzwischen in den Republikpalast gefahren. Dort hatte er kurz mit dem Grimmigen Graubären besprochen, wie man in Zukunft so einen Aufstand verhindern konnte.

„Ab heute werden wir die Tiere im Ostland kontrollieren", verkündete er im Rat der Krokodile. „Du ...", er zeigte auf einen Kaiman, die die anderen Schmieriger Kaiman nannten, „... du sollst mir ab sofort alles Verdächtige melden."

Natürlich konnte der Schmierige Kaiman das nicht allein. Er brauchte dafür viele Spitzel. So ging er durchs Land und suchte Tiere, die gemein genug waren, um selbst ihre besten Freunde zu belauschen und zu verraten.

Seitdem ging es den Tieren im Osten noch schlechter als vorher. Sie durften nicht mehr reisen, wohin sie wollten, das Essen war knapp, selbst für Toiletten-papier mussten sie lange anstehen. Und keiner wusste, wer wen ausspionierte.

Benno wurde wieder traurig. Er hatte gehofft, dass die Geschichte anders weitergehen würde. Enttäuscht nahm er den neuen Brief vom Löwen in die Hand.

Lieber Benno,

der Oberbär ist das wichtigste und mächtigste Tier im Ostland. Du wirst ihn später noch genauer kennenlernen. Vorher möchte ich dich bitten, ins Mauermuseum am Checkpoint Charlie zu gehen. Im Kinosaal im ersten Stock erfährst du, wie es weitergeht.

Viel Glück beim Suchen!

Dein

Helmut Löwe

Benno bekam auf einmal Hunger und kaufte sich am nächsten Imbisswagen eine Currywurst mit Pommes. Mampfend faltete er mit seinen Ketchup-Fingern den Stadtplan auseinander. Das Mauermuseum war ihm diesmal zu weit zu Fuß. Die U-Bahnstationen lagen auch ungünstig. Er zählte sein Geld. Es war noch genug da. Er stellte sich an die Straße und winkte das nächste Taxi heran.

Vor dem Museum am Checkpoint Charlie herrschte reges Treiben. Auf der Straße wurden an kleinen Tischen russische Pelzmützen und Orden aus der DDR verkauft. Drei als Soldaten verkleidete Leute ließen sich vor einem ehemaligen Grenzhäuschen mit Touristen fotografieren. Benno ging in das Museum hinein. Dort gab es eine Dauerausstellung über die Berliner Mauer. Die hatte achtundzwanzig Jahre lang die Stadt geteilt. Hier konnten die Menschen alles über die Mauer erfahren.

Im ersten Stock fand er den Kinosaal. Er war der einzige Besucher in dem Raum. Als er eintrat, begann gerade ein Film. Der zeigte, wie die Mauer gebaut wurde und wie sie aussah. Benno kannte sie bisher nur aus Büchern. Er schaute gebannt auf den Bildschirm. Am meisten faszinierten ihn die Graffitis mit lustigen Comicfiguren. Wie zum Beispiel das Auto, das durch die Mauer fuhr, und zwei alte Männer, die sich küssten.

Nach dem neuen Umschlag brauchte Benno nicht lange zu suchen. Er entdeckte ihn auf einem Stuhl in der Reihe vor ihm.

15. DER UNTERWÜRFIGE ALLIGATOR BAUT EINE GROSSE MAUER

Wen wundert es, dass viele Tiere ins Westland flohen. Zuerst huschten einige Antilopen nachts unbemerkt über die Grenze. Dann folgten ihnen auch ein paar Leoparden und Warzenschweine. Schließlich wurden es immer mehr Tiere. Tausende verließen das Ostland. Der Unterwürfige Alligator kratzte sich am Bauch und war wieder ratlos.

„Was soll ich nur machen?“

Er rief den Tieren hinterher: „Ihr könnt doch nicht einfach aus unserem neuen Ostland abhauen. Das geht doch nicht.“ Dann rief er wieder den Grimmigen Graubären an.

Der tobte und haute mit seiner rechten Tatze so wütend auf den Schreibtisch, dass seine Spielzeugsoldaten durch die Luft wirbelten.

„Dawai, du Suppen-Alligator“, schrie er ins Telefon. „Die Tiere im Ostland bleiben, wo sie hingehören. Basta! Mach die Grenze zu. Bau einen Zaun oder eine Mauer! Sieh zu, sonst mach ich Broiler aus dir!“

Das hörten zwei Moskitos, die zufällig am Fenster saßen. Sie sausten eilig in den Westen, direkt zum Alten Löwen und erzählten ihm, was der Grimmige Graubär befohlen hatte. Der Alte Löwe war erschüttert und schickte sofort seinen Außenminister ins Ostland, um dagegen zu protestieren.

Doch der Unterwürfige Alligator lächelte den Außenminister scheinheilig an.

„Eine Mauer? Niemand hat die Absicht, eine Mauer zu bauen“, beschwichtigte er.

Aber das war gelogen. Noch in derselben Nacht begannen die Krokodile, entlang der Grenze eine hohe Mauer zu errichten. Wie es der Grimmige Graubär befohlen hatte. Große Lastwagen fuhren dicke Steine heran. Die Termiten mauerten sie fast vier Meter hoch und wurden dabei von Krokodilen in aschgrauen Uniformen bewacht.

Das ganze Volk war geschockt, sowohl im Westen als auch im Osten. Die Tiere konnten von einem Tag auf den anderen ihre Kinder, Eltern, Verwandten und Freunde nicht mehr sehen und besuchen.

„Mama, Mama! Ich will zu meiner Mama!“, weinte eine kleine Gazelle vor der Mauer, die an diesem Tag ihre Oma im Westen besucht hatte. Nun konnte sie nicht mehr zu ihrer Mama zurück, die im Osten lebte.

„Geliebter, wo bist du?“, schluchzte eine verzweifelte Büffelkuh. Sie konnte nicht mehr zu ihrem Büffel, den sie am nächsten Tag im Westen hatte heiraten wollen.

Die Mauer wuchs schnell. Sie ging mitten durch die Hauptstadt und war so hoch, dass die Tiere vom Westen das berühmte Tor der Tiere kaum mehr sehen konnten. Vom Osten aus verdeckte die große Mauer das alte Parlament.

Der Unterwürfige Alligator hielt kurz darauf eine seltsame Fernsehansprache.

„Liebe Ost-Tiere, wir haben heute die große Freude, euch mitzuteilen, dass wir eine Mauer entlang der Grenze zum Westland errichtet haben. Die Mauer ist ein großer Schutzwall. Ihr wisst ja, die West-Tiere versuchen, Macht über uns zu bekommen. Das haben wir nun erfolgreich verhindert. Darauf können wir stolz sein.“

Nur die Krokodile klatschten vor ihren Fernsehern. Die meisten anderen Tiere schüttelten verständnislos den Kopf.

„Sag mal, hält uns dieses grüne Vieh für völlig blöd?“,

raunzte ein Hängebauchschwein und tippte sich mit seinem kurzen Bein an den Kopf.

„Großer Schutzwall? Was für ein dämliches Gequatsche!", sagte eine Antilope empört zu ihrem Mann. „Das ist kein Alligator, sondern ein Quatschigator."

Der Film mit den Mauerbildern flimmerte immer noch vor Benno. Er betrachtete die Bilder.

„Kein schönes Gefühl, eingesperrt zu sein", dachte er sich. Dann holte er seine magische Karte heraus. Zu Bennos Verblüffung war die Karte wieder eins geworden. Jedoch war zwischen West- und Ostland weiterhin der dicker Riss zu sehen, die Grenze, die Mauer, die beide Länder voneinander trennte. Die Abbildungen im Ostland waren gleich geblieben. Aber im Westland hatte es Veränderungen gegeben. Der Alte Löwe war weg und ein neuer Löwe war als Kanzler abgebildet. Benno stutzte beim Anblick des neuen Löwen. Konnte es sein? Benno hatte den Löwen schon einmal gesehen.

Er musterte das Bild genauer. Unglaublich! Der neue Kanzler war kein anderer als Helmut Löwe. Potzblitz! Ganz sicher! Dieser Löwe hatte ihn in Frankfurt auf der Parkbank angesprochen. Dieser Löwe hatte im Hotel Adlon in der Kaisersuite gesessen und genau dieser Löwe hatte ihn in den Bunker gelockt. „Dann war Helmut Löwe also auch Kanzler im Land der wilden Tiere", sagte er zu sich und musste ein bisschen kichern. Das hatte Benno wirklich nicht erwartet.

VOGELLAND
ROBBENLAND
HÜHNERLAND
Löwen & Tiger
Warzenschweine
Affen
Frösche

Präsident
General
LAND
DER
WILDEN
TIERE
BÄRENLAND
Vorsitzender
Kanzler
Krokodile

Er schaute sich die Karte nochmals an. Im Westland entdeckte er eine neue Partei. Zwischen den Affen, Löwen, Tigern und Warzenschweinen saßen jetzt auch Frösche.

Plötzlich piepste Bennos Handy. Jemand hatte ihm eine SMS geschickt.

Verlasse das Museum und nimm den Fahrstuhl an der U-Bahnstation Kochstraße! HL.

„Wie trifft der Löwe mit seinen dicken Tatzen eigentlich die Telefontasten?“, wunderte sich Benno. Dann verließ er das Museum ging zur nahe gelegenen U-Bahnstation. Er stieg in den Lift und drückte die Taste ins Untergeschoss. Der Fahrstuhl setzte sich langsam in Bewegung. Plötzlich ruckelte es. Dann stand der Fahrstuhl still.

„O nee! So ein Mist“, quiekte Benno, „jetzt sitze ich hier fest.“ Er suchte eine Notruftaste. Es gab jedoch keine. Er klopfte und rief:

„Hallo! Hört mich jemand? Haaaallooo!!!“ Der Fahrstuhl bewegte sich nicht mehr. Keine Reaktion. Benno schlug gegen die Wände und brüllte lauter. Niemand schien ihn zu hören. Genervt setzte er sich auf den Boden. Er suchte die SMS vom Löwen auf seinem Handy und tippte als Antwort: „Hilf mir bitte! Benno.“ Plötzlich sah er vor sich auf dem Boden einen neuen Umschlag liegen. Es war Kapitel 16 und ein neuer Brief.

16. DIE TIERE LEBEN VIELE JAHRE GETRENNT

Die armen Tiere im Ostland lebten seitdem wie eingesperrt. Es war ihnen strengstens verboten, über die Mauer zu gucken.

Der Alte Löwe aus dem Westland war inzwischen gestorben. Nach ihm regierte der Weise Pavian als Kanzler. Er machte das so behutsam und klug, dass er sogar den Friedensnobelpreis bekam.

Ein paar Jahre später wurde der Dicke Löwe zum Kanzler gewählt. Er trug eine große Brille und futterte für sein Leben gern. Am liebsten Gummibärchen. Ins Parlament nahm er sich immer eine Tüte Gummibärchen mit. Die steckte er sich heimlich in den Mund, wenn er glaubte, dass ihn keiner beobachtete.

Dort gab es noch immer dieselben Parteien: die Affenpartei, die PSW (Partei der schnellen Warzenschweine) und die Neue Löwen- und Tigerpartei. Eine neue Partei hatte es geschafft, ins Parlament zu kommen: die Partei der grünen Frösche. Sie brachten neue Ansichten, neue Idee rein und quakten laut.

„Dicker Löwe, weißt du, warum du so dick bist?“, keifte eine Ochsenfröschin, die überall, selbst im Parlament, bunte Wintersocken strickte.

Der Dicke Löwe wurde rot, weil die Froschdame ihn gerade beim Gummibärchenkauen erwischt hatte. Schnell

schob er die Süßigkeiten in die Backe und wollte wissen: „Nun, Frau Ochsenfrosch. Warum?“

„Weil du schon zu lange Kanzler bist. Wir Frösche fordern, dass der Kanzler immer nur ein Jahr lang regieren soll.“

Die anderen Frösche nickten.

„So ein Quatsch“, sagte der Dicke Löwe. Er schüttelte ärgerlich seine Mähne und schluckte schnell die Gummibärchen runter.

Ein Warzenschwein mit großen Segelohren unterstützte den Dicken Löwen:

„So kann man doch unser Land nicht regieren. Ihr Frösche habt doch keine Ahnung.“

Ein besonders kecker Harlekinfrosch, der gern Turnschuhe trug, legte seine Füße frech auf den Tisch, verschränkte die Arme und lehnte sich lässig zurück.

„So, so liebes Warzenschwein“, sagte er. „Wir haben keine Ahnung? Möglicherweise. Ich weiß nämlich nicht genau, was PSW heißt. Etwa ‚Plumpe, spaßige Warzenschweine?‘ oder ‚Partei für Segelohren und Warzen‘?“

Es gab viele solcher Debatten im West-Parlament in der kleinen Stadt. Irgendeine Partei war immer anderer Meinung. Aber auch wenn die Tiere zankten, konnten sie sich immer irgendwie einigen. Denn es gab dort glücklicherweise keine gefährlichen Tiere mehr.

Im Ostland hatte sich nichts geändert. Dort herrschten immer noch die Krokodile. Der Unterwürfige Alligator war

inzwischen auch gestorben. Dafür war nun ein anderer Alligator der Chef der Regierung. Der war ganz schön kurzsichtig und trug deshalb eine eckige Hornbrille. Er wurde Brillenalligator genannt.

Immer noch war der Grimmige Graubär der wahre Herrscher im Ostland. Er war zwar nicht mehr ganz so grimmig wie früher, aber die Krokodile hatten trotzdem viel Respekt vor ihm. Schließlich bekam der Grimmige Graubär seine Befehle weiterhin vom neuen Oberbären aus dem Bärenland. Und das Bärenland war groß und mächtig.

Kaum jemand im Land der wilden Tiere glaubte noch, dass das Ost- und Westland je wieder vereinigt werden würden. Zu viele Jahre waren vergangen.

Damit das alte Parlament nicht leer stand, hatten die Tiere im Westland ein Museum daraus gemacht. Hier konnten sie die Geschichte ihres Parlaments kennenlernen. Es gab schöne Gemälde von den wichtigsten Tieren. Alle waren abgebildet: der Mächtige Elefant, der Große Tiger, der Laute Elefant, der Starke Schimpanse, der Mutige Pavian, das Vornehme Warzenschwein, der Alte Löwe. Aber auch der Listige Schakal, der Dicke Schakal und seine Hyänen waren dort zu sehen.

Plötzlich rumpelte der Fahrstuhl und setzte sich wieder in Bewegung. Benno atmete auf.

„Danke lieber Löwe!“ Als er am U-Bahngleis stand, nahm er den Brief des Löwen und las.

Lieber Benno,

jetzt ist es endlich so weit. Heute Abend findet in Berlin das Endspiel der Fußball-WM statt. Der Trubel hat schon begonnen. Und zwar am Brandenburger Tor. Fahre zwei Stationen weiter. Mach mit! Mir ist es ehrlich gesagt zu laut. Aber ich weiß, dass es dir gefällt. Das nächste Kapitel kommt von ganz allein.

Olé, olé, olé, olé!

Dein Helmut Löwe

Benno stieß einen Freudenschrei aus. Das Endspiel hatte er bei dem spannenden Abenteuer für einen kurzen Moment sogar vergessen. Er hatte bislang alle Aufgaben des Löwen erfüllt.

„Jipijei!“, jubelte Benno.

Aber was hatte das mit dem Land der wilden Tiere zu tun? Vielleicht gab die magische Karte eine Antwort. Er holte sie aus der Tasche. Im Bärenland und im Ostland hatte sich viel verändert. Der Oberbär war ein anderer. Der neue hatte nicht mehr diese eiskalten Augen. Sein Blick war sanft und er hatte am Kopf ein Muttermal. Und statt des Unterwürfigen Alligators regierte, wie er bereits gelesen hatte, ein Krokodil mit Brille. Aber das wirklich Überraschende war: Die Grenzlinie war verschwunden. Das Land der wilden Tiere war zwar noch geteilt, aber der Riss war weg.

VOGELLAND
ROBBENLAND
HÜHNERLAND
Löwen & Tiger
Warzenschweine
Affen
Frösche

Präsident
General
LAND
DER
WILDEN
TIERE
BÄRENLAND
Vorsitzender
Kanzler
Krokodile

Als die U-Bahn in die Station am Brandenburger Tor einfuhr, konnte er bereits den Lärm hören. Laute Fanrufe dröhnten durch die Haltestelle. Draußen war es brechend voll. Ein Meer schwarz-rot-goldener Fahnen empfing Benno. Hinter dem Brandenburger Tor war eine große Bühne aufgebaut, auf der die Sportfreunde Stiller den WM-Hit „54, 74, 90, 2010“ sangen. Eine riesige Menschenmasse sang mit. Auf der Bühne standen außerdem, kaum zu glauben, die komplette deutsche Nationalmannschaft und Jürgen Klinsmann. Arm in Arm ließen sie sich von der Menge feiern.

„Ihr seid unsere Weltmeister der Herzen!“ und „Danke, Klinsi“ stand auf Plakaten, die die Menschen hochhielten. Die Stimmung war wie Ostern, Weihnachten und Fasching zusammen. Alle lachten. Alle tanzten. Und Benno war mittendrin. Er bahnte sich einen Weg durch die Menge, direkt vor die Bühne. Das war eine tolle Party. Der richtige Vorgeschmack auf das Spiel heute Abend. Wildfremde Menschen umarmten sich. Ein komplett schwarz-rot-gold geschminkter Mann dröhnte mit seiner Rassel neben Bennos Ohr. Die Leute sangen „Deutschland, Deutschland!“ und auf der Bühne grölten Poldi, Odonkor und Asamoah „Mamor, Stein und Eisen bricht“.

Bevor die Nationalmannschaft die Bühne verließ, schoss jeder Spieler einen Ball ins Publikum. Klinsmann war der letzte. Sein Ball flog mit einem eleganten Bogen über die Menschenmasse hinweg direkt auf Benno zu. Er streckte seine Hände in die Höhe und versuchte, den Ball zu erreichen. Leider vergeblich. Der Mann hinter ihm war größer. Enttäuscht drehte er sich um. Als der Mann Bennos trauriges Gesicht sah, überließ er ihm seinen Fang. Überglücklich über das Geschenk suchte er, mit dem Ball unter dem Arm, einen Weg aus dem Getümmel. Er drängelte sich bis zum angrenzenden Tierpark durch und setzte sich auf eine Parkbank.

Stolz betrachtete er seinen WM-Ball. „Moritz wird platzen vor Freude", dachte er. Erst in diesem Moment entdeckte er, dass am Fußball ein Brief klebte.

„Wow!", sagte er und riss ihn auf. Schon die Überschrift des 17. Kapitels gefiel ihm gut.

17. DIE GROSSE MAUER FÄLLT

Viele Jahre waren die Tiere im Ostland ruhig. Sie demonstrierten nicht mehr, denn sie hatten Angst, ins Gefängnis zu kommen. Sie wurden immer häufiger vom Schmierigen Kaiman und seinen Helfern bespitzelt. Deshalb wurden die Tiere unglücklicher und unzufriedener.

Einige Zebras, Leoparden und Kaffernbüffel hielten es irgendwann nicht mehr aus und trafen sich heimlich.

„Wir leben wie in einem Gefängnis! Das ist ungerecht. Die Tiere im Westen haben alle Freiheit. Wir nicht", klagten die Zebras.

Ein Leopard nickte zustimmend. „Das ist wahr. Wir wollen mehr zu essen. Wir wollen wieder reisen. Und wir wollen mitbestimmen. Die Mauer muss weg!"

Und ein Wasserbüffel sagte: „Wir müssen uns zusammenschließen und kämpfen."

Mutig beschlossen sie, sich von nun an jeden Montag zu treffen, um zu demonstrieren.

Anfangs zogen ein paar Tiere leise durch die Straßen und hielten schüchtern Plakate hoch, auf denen stand: „Wir wollen Freiheit!" Sie wurden von zwei Krokodilpolizisten beobachtet, die ziemlich böse aussahen. Die beiden rannten sofort zum Schmierigen Kaiman und erzählten ihm davon. Der ließ sich von den Polizisten dort hinfahren und fauchte aus dem Auto heraus:

„Geht wieder nach Hause!"

Aber die Tiere ließen sich davon nicht einschüchtern. Es kamen immer mehr Tiere auf die Straße und sie wurden mutiger. Zuerst Antilopen, dann Gnus und später ein paar Heuschrecken. Als es ungefähr hundert waren, fühlten sie sich stark und riefen laut: „Die Mauer muss weg! Die Mauer muss weg!"

Das hörten die Hängebauchschweine, die neugierig auf die Straße rannten. Ihnen folgten die Gazellen, die Ameisenbären, die Kapuzineräffchen, die Geparden und die Meerkatzen. Zuletzt kamen auch die Termiten und die Moskitos aus ihren Häusern.

Der Brillenalligator lag gerade in seiner Badewanne, als er Krach von der Straße hörte. Er rief seine Frau: „Guck mal bitte aus dem Fenster, was da los ist."

„Da demonstrieren viele Tiere", sagte sie aufgeregt.

„Ach“, meinte er, „die werden sich schon wieder beruhigen.“ Gelassen pustete er Badeschaum von seinen Klauen. „Die Krokodile in ihrem Lauf hält weder Ochs noch Esel auf.“

Er war nämlich felsenfest davon überzeugt, dass in seinem Land alle Tiere glücklich waren. Warum sollten sie auch protestieren? Er glaubte daran, dass die große Mauer sein Ostland vor den West-Tieren schützen würde. Deswegen badete er ruhig weiter und kümmerte sich nicht um den Krach auf der Straße.

Der Schmierige Kaiman dagegen witterte Gefahr. Er trommelte alle Krokodilpolizisten zusammen, setzte sie in große Busse und gab jedem einen Schlagstock. Dann umkreisten die Busse die demonstrierenden Tiere, damit sie richtig Angst bekamen. Die Polizisten waren bereit, die Demonstranten auseinanderzujagen. Aber um loszuschlagen, brauchte er den Befehl des Brillenalligators.

Doch der Befehl kam nicht. Der Brillenalligator döste weiter in seiner Badewanne.

Er hatte auch nicht den Grimmigen Graubären informiert. Der lag nichtsahnend in seinem Bett und musste erst von seiner Wache geweckt werden. Er erkannte sofort den Ernst der Lage und telefonierte mit dem neuen Oberbären im Bärenland.

„Ich schicke sofort meine Braunbär-Armee los, um die Menge zu vertreiben“, sagte der Graubär.

Der neue Oberbär überlegte kurz. „Njet! Wir können den Krokodilen nicht immer helfen. Die müssen endlich sehen, dass sie alleine klarkommen."

Der Grimmige Graubär war baff. Mit dieser Reaktion hatte er überhaupt nicht gerechnet.

„Das sind ja ganz neue Töne aus dem Bärenland", wunderte er sich.

Das Bärenland hatte nämlich einen neuen Oberbären. Das war ein kleiner Braunbär mit einem großen blauen Fleck am Kopf. Ein anderer Bär hatte ihm vor langer Zeit mit der Tatze so sehr auf den Kopf gehauen, dass der Abdruck noch heute zu sehen ist. Seitdem kämpfte der Oberbär gegen unsinnige Gewalt und mehr Frieden auf der Welt. Er hatte ein kluges Ziel: Er wollte erreichen, dass die Tiere im Ostland ohne die Hilfe der Bären auskamen.

„Was macht eigentlich der Brillenalligator gerade?", fragte der Oberbär den Grimmigen Graubären.

„Hmmm", brummte der Grimmige Graubär, „der planscht in seiner Badewanne und macht nix."

„Tja", sagte der Oberbär, „wer zu spät kommt, den bestraft das Leben."

Da keiner dem Oberbären widersprach, ließ der Grimmige Graubär seine Armee zu Hause. Währenddessen rannten immer mehr Tiere zu der großen Demonstration.

„Wir sind ein Volk! Wir sind ein Volk!", riefen sie.

Tausende versammelten sich vor dem berühmten Tor der Tiere, hinter dem die große Mauer stand. Die aufgeputschte Menge war so riesig, dass ein paar Kapuzineräffchen richtig mutig wurden und auf die Mauer kletterten.

Das wachhabende Krokodil am Grenzübergang erstarrte, guckte hilflos zu den Äffchen auf der Mauer und wusste nicht, was es tun sollte. Ohne Einsatzbefehl durfte es mit seiner Krokodilpolizei nicht losschlagen. Also rief das Krokodil den Brillenalligator höchstpersönlich an.

„Hier stehen tausende von Tieren an der Grenze und wollen in den Westen rüberklettern. Die ersten Affen sitzen schon auf der Mauer. Was soll ich tun? Wir können die Menge nicht mehr auseinanderjagen. Ich habe viel zu wenig Krokodile."

Vor Schreck fiel dem Brillenalligator seine Hornbrille ins Wasser. Plötzlich begriff er, dass er die Lage unterschätzt hatte.

„Wie?", stotterte er „Oje. Was jetzt?"

„Keine Ahnung", antwortete das wachhabende Krokodil. „Du bist doch der Chef."

Inzwischen hatten einige Tiere im Westen bemerkt, dass im Osten etwas los war. Neugierig liefen sie zur Mauer. Sie sahen die Kapuzineräffchen und hörten: „Wir sind ein Volk! Wir sind ein Volk!" In Windeseile verbreitete sich diese Nachricht in der Stadt. Jetzt strömten auch von der Westseite immer mehr Tiere zur Grenze.

Sie sahen, wie auch Ameisenbären und Gnus auf die Mauer kletterten. Die riefen anderen zu:

„Kommt auch hoch!" Dann ging alles ganz schnell. Die Gorillas klopften mit den Fäusten übermütig auf ihre Brust. Die Geparden schunkelten mit den Zebras. Die Meerkatzen turnten auf den Hörnern der Antilopen. Die Leoparden stemmten die kurzbeinigen Hängebauchschweine auf die Mauer. Die Gazellen hatten Sektflaschen mitgebracht. Die Termiten tanzten mit den Heuschrecken Ringelreihen. Die Moskitos fingen an zu summen. Und bald sangen alle zusammen: „Auf der Mauer, auf der Mauer sitzt 'ne kleine Wanze."

Mit offenem Mund verfolgten die Krokodilpolizisten, was geschah. Hilflos schauten sie immer wieder zum wachhabenden Krokodil. Das zuckte ebenso ratlos mit den Schultern.

Plötzlich drückten ein paar starke Kaffernbüffel ausgelassen mit ihren Hörnern gegen die Mauer. Dann krachte es, und ein großes Stück Mauer fiel um. Jubelnd hüpften die Tiere aus dem Osten durch das Loch und fielen West-Tieren, die sie noch nie gesehen hatten, in die Arme. Ein Löwe wiegte eine Antilope in seinen Tatzen. Ein Schimpanse küsste in zwei Stunden achthundertzweiundsiebzig Gazellen. Ein Warzenschwein warf vor Freude Bananen in die Luft. Eine Hängebauchschweinmutter aus dem Osten hatte in der Menge zufällig ihre Tochter aus dem Westen wiedergefunden. Beide umarmten sich fest und weinten herzzerreißend. Achtundzwanzig Jahre waren sie getrennt gewesen.

Tierreporter filmten, wie Meerkatzen und Heuschrecken den verdutzten Krokodilpolizisten Blumen in die Knopflöcher steckten.

Ein lustiges Zebra rief in Sektlaune den Reportern zu:

„Wer heute Nacht schläft, ist tot!“

Zur gleichen Zeit tagte in der kleinen Stadt das West-Parlament. Der Weise Pavian hielt dort, der Zufall wollte es, seine letzte Rede, um sich von der Politik zu verabschieden.

Eine völlig aufgelöste Antilope kam plötzlich in den Saal gerannt und rief:

„Die Mauer! Die Mauer! Die große Mauer ist gefallen!“

Der Weise Pavian griff sich ungläubig ans Herz. War das wirklich wahr? So lange hatte er auf diesen Moment gewartet. Schließlich krächzte er mit seiner heiseren Stimme ins Mikrofon:

„Jetzt wächst zusammen, was zusammengehört." Dabei liefen ihm Freudentränen über das Gesicht. Da er schon alt war, mussten ihn zwei Schimpansen stützen, sonst wäre er zusammengebrochen.

Spontan standen ein paar Löwen von den hinteren Sitzreihen auf und fingen an zu singen:

„Land der wilden Tiere sind wir,
aber nur wenn wir geeint."

Alle Tiere erhoben sich und stimmten ein:

„Deshalb lasst uns dafür kämpfen
gegen jeden bösen Feind.
Nur ein Parlament soll uns leiten:
das wir Tiere frei gewählt.
Alle Tiere für die Freiheit.
Einigkeit ist das, was zählt."

Das Fernsehen unterbrach seine laufende Sendung und zeigte Live-Bilder von den tanzenden Tieren auf der Mauer. Tiere, die schon geschlafen hatten, wurden geweckt. Andere setzten sich in ihre Autos und fuhren schnell zur Grenze. Ob im Osten oder Westen, überall feierten die Tiere bis zum Morgengrauen. Es war wohl die schönste Nacht, die das Land der wilden Tiere je erlebt hat.

Nur die Krokodile saßen wie gelähmt vor ihren Fernsehern. Sie verstanden die Welt nicht mehr. Der Brillenalligator erst recht nicht. Er bekam Angst, packte seine Koffer und floh in ein anderes Land.

„Wahnsinn!“ Benno war begeistert. Im beiliegenden Brief des Löwen stand Folgendes:

Lieber Benno,

die große Party ist noch nicht vorbei. Was mit Ost- und Westland geschieht, kannst du im Kap-itel lesen, das in der Russischen Botschaft liegt. Sie ist nicht weit von hier. Bei dem Trubel heute wird es jedoch bestimmt nicht so einfach dort hinzu kommen.

Aber du machst das schon!

Das Code-Wort in der Russischen Botschaft ist „Druschba“.

Dein

Helmut Löwe

Benno entdeckte am Rande der tanzenden Menge einen Polizisten, der im Takt der Musik mitwippte. Er fragte ihn nach dem Weg zur russischen Botschaft. „Nur fünfhundert Meter hinter dem Brandenburger Tor auf der rechten Seite!“

Wegen der vielen Menschen kam Benno nur langsam voran. Es dauerte lange, bis er endlich an der Botschaft war. Zwei Wächter versperrten ihm den Weg.

„Druschba“, sagte Benno. Das wirkte. Er wurde durchgelassen. An der nächsten Tür wiederholte er das Code-Wort. Auch hier kam er problemlos durch.

Benno wurde von einem Russen zum Botschafter geführt. Der saß an einem riesigen Schreibtisch und musste wegen des Lärms von draußen laut sprechen. Der Mann begrüßte ihn und sagte: „Ich biin heute nurrr deinetwegen im Bürrro. Du biist mein gaanz besonderrerr Gaast. Ein guter Freund hat miirr diesen Umschlag gegeben. Seetze diich in den Sessel und lies den Iinhalt hier. Iich werrde diich niicht störrren.“ Er stellte ihm noch ein paar Kekse und einen Apfelsaft hin, wünschte ihm viel Vergnügen beim Lesen und verließ das Zimmer.

Benno machte es sich in dem Sessel bequem und öffnete den Umschlag.

18. DER DICKE LÖWE MACHT AUS ZWEI LÄNDERN EINS

Auch der Dicke Löwe hatte sich so sehr den Mauerfall gewünscht. Welch ein Pech, dass er ausgerechnet an diesem Tag nicht in seinem Land war. Er saß nämlich mit seinem Freund, dem Großen Hahn, im Hühnerland bei einem köstlichen Abendessen, als er informiert wurde. Sofort riss er sich die Serviette vom Hals, stammelte noch schnell: „'tschuldigung!", und setzte sich in sein Flugzeug. Vor lauter Aufregung vergaß er seine Gummibärchentüte. Noch auf dem Flugplatz hielt er eine spontane Rede vor einer Kamera.

„Liebe Tiere im Osten und im Westen. Endlich ist die Mauer weg. Ich will dafür sorgen, dass wir jetzt wieder ein Land werden. Und ich wünsche mir nichts mehr, als Kanzler aller Tiere zu werden."

Er ließ sich gleich an die Mauer fahren. Dort marschierte er stolz durch das Loch auf die Ostseite. Als er durch das berühmte Tor der Tiere schritt, schossen ihm Tränen der Rührung in die Augen, die er verlegen wegwischte. Der Dicke Löwe setzte wieder seine Brille auf und wandte sich an die Tiere, die um ihn versammelt waren.

„Meine lieben Freunde im Osten, ihr habt euch selbst von der Herrschaft der Krokodile befreit. Darauf könnt ihr stolz sein. Jetzt könnt ihr wieder frei wählen. Ich will mit

den von euch gewählten Tieren beraten. Dann können wir möglichst schnell wieder ein gemeinsames Land werden."

Aufgeregt gingen die Tiere aus dem Osten zu ihrer ersten freien Wahl nach dem Mauerfall. Es gab tatsächlich welche, die wieder die Krokodilpartei wählten. Das waren aber nur wenige. Die meisten Tiere wählten Parteien, die mit dem Dicken Löwen eng zusammenarbeiten wollten.

Mit denen handelte der Dicke Löwe ruckzuck einen Vertrag aus. Darin stand geschrieben, wie alle wilden Tiere wieder zusammenleben konnten, und wie ein gemeinsames Parlament aussehen sollte.

Aber das Schwierigste hatte der Dicke Löwe noch vor sich: Er musste mit dem Oberbären im Bärenland verhandeln. Denn der war immer noch der wirkliche Chef im Osten. Der Oberbär musste zustimmen, dass das Land der wilden Tiere wiedervereinigt werden würde.

Also packte der Dicke Löwe ein großes Fass Honig ein und reiste ins Bärenland. Seine Frau gab ihm eine Strickjacke mit. „Falls es im Bärenland kalt wird", sagte sie zu ihm.

Der Oberbär wartete bereits in seiner Berg-Datscha auf ihn. Er schaute ein bisschen grimmig drein, denn er wusste, was der Dicke Löwe von ihm wollte.

Es war wirklich kühl in den Bergen. Also zog sich der Dicke Löwe seine Strickjacke an und steckte sich eine große Tüte Gummibärchen ein. Denn Gummibären machen Mut.

„Lieber Oberbär", sprach der Dicke Löwe, „die Ost- und West-Tiere wollen wieder zusammenleben. Sag Ja dazu!"

„Njet", schüttelte der Oberbär den Kopf, „wir haben Angst, dass euer Land zu groß und zu stark wird. Und, dass ihr uns wieder angreift. Wie damals der Listige Schakal."

„Mein lieber starker Oberbär", antwortete der Dicke Löwe und rückte nervös seine Brille zurecht, „wir haben aus unseren Fehlern gelernt. Wir wollen endlich in Frieden mit euch leben. Wir werden aufpassen, dass die Schakale oder andere gefährliche Tiere nicht mehr an die Macht kommen."

Dann zog er die Tüte Gummibärchen aus seiner Strickjacke und bot sie dem Oberbären an.

„Druschba", sagte er lächelnd. Das war das einzige Wort aus der Bärensprache, das er gelernt hatte. Es bedeutet Freundschaft.

„Hmmm", brummelte der Oberbär. Er nahm eine große Handvoll Gummibärchen aus der Tüte und steckte sie sich in den Mund.

Dann ließ der Dicke Löwe das Fass Honig heranrollen. Er legte seinen Arm freundschaftlich um die Schulter des Oberbären und sagte: „Schau, dieses große Fass Honig ist für dich. Und wenn du willst, schicke ich dir morgen noch eins. Sag bitte Ja!"

In einem langen Gespräch konnte der Dicke Löwe den Oberbären tatsächlich überzeugen.

So wurde aus Ost und West wieder eins – das Land der wilden Tiere.

Als der Dicke Löwe heimkam, lud er zu einem großen Fest vor dem alten Parlament ein.

„Der Oberbär ist unser Freund geworden. Ab heute sind wir wieder ein Volk. Bald soll hier in diesem Gebäude wieder unser altes Parlament tagen."

Alle Tiere jubelten. Ein bombastisches Feuerwerk leuchtete am Himmel. Und die große Flagge des Landes wurde vor dem Parlament gehisst. Aus der ganzen Welt waren Tierreporter mit Kamerateams gekommen, die live berichteten. Im Hühner- und im Robbenland saßen alle wie gebannt vor ihren Fernsehern. Die Großen Vögel ließen für ein paar Minuten ihre Arbeit ruhen. Obwohl es im Bärenland bereits nach Mitternacht war, war der Oberbär mit seiner gesamten Regierung aufgeblieben. Er wollte unbedingt die Ansprache des Dicken Löwen hören.

Als der Löwe seine Rede beendet hatte, tupfte er sich mit einem Taschentuch die Schweißperlen von seiner Stirn und sagte dann feierlich: „Lasst uns die Hymne der Tiere zu unserer Nationalhymne machen."

Er sang ein bisschen schief die ersten Töne. Alle Tiere stimmten mit ein.

Kurz darauf wurde er von den Tieren im Parlament zum gemeinsamen Kanzler gewählt.

„Mein Löwe“, sagte Benno gerührt, „mein großer starker Löwe!“ Er war sehr stolz, dass er Helmut Löwe zum Freund hatte. Benno kramte in seiner Tasche nach der magischen Karte. Er wunderte sich diesmal nicht, dass Ost- und Westland verschwunden waren. Es gab wieder ein vereintes Land der wilden Tiere. Mit einer Löwin als Präsidentin und dem Dicken Löwen als Kanzler. Kein Tier aus den Nachbarländern bestimmte mehr im Land der wilden Tiere.

Selbst die Bären waren im Bärenland geblieben. Aber das Parlamentsgebäude war verschwunden. Stattdessen war an dieser Stelle ein großes eingewickeltes Paket abgebildet, daneben wieder die Tierparteien im Parlament. Alles Parteien, die Benno kannte. Auch ein paar wenige Krokodile saßen auf den Bänken.

„Wo ist das Parlamentsgebäude?“, fragte er sich. Er konnte sich beim besten Willen nicht vorstellen, was das eingepackte Geschenk auf der magischen Karte bedeuten sollte.

VOGELLAND
ROBBENLAND
HÜHNERLAND

Präsidentin
LAND DER
WILDEN TIERE
BÄRENLAND
Kanzler
Löwen & Tiger
Warzenschweine
Affen
Frösche
Krokodile

Im Brief gab es die Erklärung.

Lieber Benno,

vielleicht wirst du mir nicht glauben, aber das Bild auf der magischen Karte, das so aussieht wie ein Geschenk, ist nichts anderes als das Parlament der wilden Tiere. Wie es dazu kam, findest du im nächsten Kapitel unserer Geschichte. Das musst du jedoch ganz allein finden. Ich bin mir sicher, dass du es schnell schaffst.

Dein

Helmut Löwe

Benno überlegte. Wo könnte bloß das nächste Kapitel versteckt sein? Es müsste irgendwo in der Nähe des Reichstags sein. Denn um dieses Gebäude ging es ja.

Inzwischen war der Botschafter wieder ins Zimmer gekommen. Er lachte, als Benno ihm erzählte, wie und wo er den Umschlag suchen wollte.

„Wiie ich Helmut Löwe kenne, muusst du iins Parrrlament rreingehen."

„Danke für den Tipp. Das hatte ich mir auch schon gedacht." Fröhlich verabschiedete Benno sich und verließ die russische

Botschaft. Draußen war die große Party noch in vollem Gange. Benno kämpfte sich zwischen den feiernden Menschen durch. Vor dem Reichstag war genauso viel Trubel wie am Brandenburger Tor.

Glücklicherweise war die Schlange vor dem Reichstag nicht lang.

„Willst du in die Kuppel gehen oder gehörst du zur Gruppe, die die Führung durchs Parlament mitmacht?“, fragte der Türsteher.

„Zur Führung“, antwortete Benno geistesgegenwärtig. Er dachte an die Worte des russischen Botschafters.

So folgte er einer Gruppe Touristen in den Reichstag hinein. Ein Guide erklärte ihnen die Kunstwerke im Gebäude. In der Hoffnung auf einen Hinweis für das nächste Kapitel hörte Benno aufmerksam zu. Die meisten Bilder, die der Führer erklärte, waren moderne Kunstwerke. Benno schaute in jede Ecke, ob dort irgendwo ein Umschlag zu sehen war. Nach einer Weile blieben sie vor einem Bild stehen, das Benno sehr bekannt vorkam. Es war das weiße Geschenkpaket von der magischen Karte. Hier musste der Umschlag irgendwo liegen. Ganz sicher.

Während der Führer erklärte, entdeckte Benno in der Tat auf einem Tischchen neben dem Bild den Umschlag liegen. Benno wartete, bis die Gruppe zum nächsten Werk weiterging und steckte den Brief heimlich ein. Kurz darauf war die Führung zu Ende.

Draußen setzte Benno sich auf die große Treppe des Reichstags und riss hastig den Umschlag auf. Von dem Trubel um ihn herum ließ er sich überhaupt nicht stören.

19. DAS PARLAMENT WIRD VERPACKT

Natürlich wollte der Dicke Löwe wieder im alten Parlament sitzen. Doch darin war momentan ein Museum. Das musste jetzt umziehen. Und das Gebäude sollte renoviert werden. Bevor das geschah, bekam der Dicke Löwe Besuch von einem Bunten Flamingo. Der war ein Künstler und wollte das Parlament in Stoff verhüllen und mit blauen Kordeln verschnüren.

Das fanden einige blöd. Deshalb gab es wieder eine Debatte im Parlament.

„Ein so großes Haus kann man doch nicht verpacken“, sagte ein Leopard.

„Warum nicht? Das ist doch eine tolle Idee“, erwiderte eine Affin grinsend. „Das ist lustig.“

„Lustig, lustig, tralalalala. Bald ist Nikolausabend da“, sang ein Zebra und sagte dann: „So ein Quatsch! Wir haben doch kein Weihnachten.“

„Dummbacke. Das ist Kunst!“, entrüstete sich ein Warzenschwein.

„Können es auch grüne Kordeln sein?“, fragte ein Ochsenfrosch.

Nachdem die Präsidentin, eine Löwin, eine eindrucksvolle Rede gehalten hatte, stimmten die Tiere ab, ob sie ihr ehrwürdiges Haus vom Bunten Flamingo wie ein Geschenk verpacken lassen wollten. Sie stimmten dafür.

Als das Parlament mit einem dicken seidigen Tuch eingehüllt und mit blauen Kordeln verschnürt war, wurde tagelang ein Fest gefeiert. Aus aller Welt kamen Touristen, um dieses Spektakel zu sehen. Welches Parlament ist schon je eingepackt worden? Das Volk war sehr stolz.

Die Tiere im Parlament beauftragten einen berühmten Architekten aus dem Robbenland, das Gebäude umzubauen. Der stellte eine tolle neue Kuppel auf das Dach. Das war wichtig, denn die Kuppel war schon damals das Wahrzeichen des Parlaments. Sie sah nun viel moderner aus und war aus Stahl und Glas gebaut. Sie strahlte wieder weit über die Stadt.

„Unser Parlament ist das schönste der Welt", riefen die Antilopen.

„Ja, das Allerschönste", stimmten alle anderen Tiere zu.

Es war ein herrlicher Tag, als die Abgeordneten in das Gebäude einzogen. Ganz vorn saß der Dicke Löwe auf einem schönen blauen Sitz. Von dort konnte er alle Tiere beobachten. Er war stolz, denn er hatte sein Versprechen wahr gemacht. Nun war er wirklich Kanzler aller Tiere im alten Parlament. Seine Gummibärchen hatte er immer noch dabei. Er futterte jetzt noch mehr und wurde noch dicker. Aber es störte ihn nicht mehr, wenn andere ihn dabei beobachteten.

Der Orang-Utan aus dem Osten leitete nun die Sitzungen. Zur Wiedereröffnung hatte er eine schöne Rede vorbereitet.

„Liebe Tiere, ich bin stolz, das alte Parlament wiederzueröffnen. Hier tagte das erste Parlament unserer Republik. Viele wichtige Gesetze sind hier verabschiedet worden. Und viele berühmte Reden kamen aus diesem Haus. Es ist lange her, dass der Listige Schakal die Affen, Löwen und Warzenschweine aus diesem Parlament verjagt hat. Auch die Teilung in West- und Ostland hat es überstanden.

Jetzt sind wir wieder ein Volk und haben ein Parlament für alle Tiere!"

Damit nichts verborgen blieb, was im Parlament passierte, durften alle Tiere des Volkes in die Glaskuppel hochklettern und von dort aus den Tieren im Parlament zugucken.

Oben auf dem Dach des Parlaments eröffnete sogar ein Käfer ein Restaurant. Damit die Besucher sich wohlfühlten.

Benno war von der Verpackungsidee begeistert. Das neue Parlament war ja wirklich wie ein Geschenk für alle. Er hätte nicht gedacht, dass Politiker auch über so tolle, lustige Sachen abstimmten. Dann sah er auf die magische Karte und wollte noch einmal das eingepackte Parlament bewundern. Aber es war nicht mehr da. In der Mitte leuchtete wieder das alte Parlament. Es hatte die wunderschöne moderne Kuppel, wie es in der Geschichte beschrieben war. Das Parlament sah genauso aus, wie das Reichstagsgebäude, auf dessen Treppe er saß.

VOGELLAND
ROBBENLAND
HÜHNERLAND

Präsidentin
LAND DER
WILDEN TIERE
BÄRENLAND
Kanzler
Löwen & Tiger
Warzenschweine
Affen
Frösche
Krokodile

Im Brief des Löwen stand Folgendes:

Lieber Benno,

du kannst dir nicht vorstellen, wie froh ich war, als wir endlich unser altes Parlament wiederhatten. Mit der neuen Kuppel war es noch viel schöner als vorher.

Jetzt konnten alle Tiere gemeinsam wählen gehen und sie wurden immer geübter darin. Gefährliche Tiere kamen nicht mehr in dieses Parlament. Es gab zwar noch ein paar wenige Krokodile, die waren aber zahm geworden und richteten keinen Schaden mehr an. Auf jeden Fall hatten die Tiere im Parlament viel mehr Spaß als in der alten Republik. Als ehemaliger Kanzler hatte ich viel Verantwortung für unser Land. Ich habe immer versucht, es so gut wie möglich zu machen.

Deine nächste Station ist das Bundeskanzleramt. Da kommt man nicht so einfach hinein. Sei um vier Uhr am Seiteneingang. Dort wird eine Gruppe mit Kindern sein, die eine Pressekonferenz besuchen. Misch dich darunter. Dann such das Büro der Bundeskanzlerin. Dort wirst du von mir hören.

Dein

Helmut Löwe

Benno schaute auf die Uhr. Es war kurz vor vier. Also ging er unverzüglich die wenigen Schritte zum Bundeskanzleramt.

Da klingelte das Handy. Benno schnaufte einmal kurz durch, bevor er auf die Taste drückte. Es war sein Vater.

„Na, großer Meister, bist du rechtzeitig zum Endspiel zu Hause?“, fragte er. „Wir wollten uns doch das Spiel gemeinsam anschauen.“

„Öh“, stammelte Benno und überlegte, was er antworten sollte, „... ich ... ich habe es mir anders überlegt. Ich würde es lieber doch mit Moritz ansehen. Der Fernseher von Moritz’ Eltern ist größer.“ Bennos Vater lachte. „Das ist ein Argument. Ich hol dich danach ab.“

„Äh nein“, stotterte Benno. Ihm wurde heiß und kalt. Wie hatte er nur vergessen können, dass seine Eltern es spätestens nach dem Endspiel bemerken mussten, wenn Benno nicht in Frankfurt wäre. „Äh“, stotterte er. „Äh ... ich würde gern noch eine Nacht bei Moritz schlafen ...“ Benno musste vor Aufregung husten. „Ich habe sowieso meine Schulsachen dabei. Kann ich noch eine Nacht bleiben, Papa? Bitte.“

Bennos Vater musste wieder lachen. „Na gut, du Weltmeister. Moritz und du, ihr müsst ja ’ne Menge Spaß haben.“

„Haben wir. Und wie! Dieses Wochenende werde ich so schnell nicht vergessen. Ehrlich!“ Benno fühlte sich erleichtert.

„Na prima“, fuhr Bennos Vater fort. „Kannst du mir jetzt einen von Moritz’ Eltern geben?“ Bennos Herz fing wieder an zu pochen, und er sagte leise: „Geht nicht Papa, Moritz und ich sind gerade in der Stadt.“

„Stimmt. Das hört man. Was ist denn das für ein Lärm im Hintergrund?“ Glücklicherweise wartete er nicht auf Bennos Antwort. „Na, dann bestell den beiden einen schönen Gruß. Sag ihnen, Moritz kann dafür am nächsten Wochenende bei uns schlafen.“

„Wird gemacht.“ Benno schwitzte immer noch.

Sein Vater schien endlich Schluss machen zu wollen. „Okay, Meister, dann bis morgen – ach nein! Erzähl mir doch noch schnell von dem Spiel gegen Offenbach. Mama hat mir schon gesagt, dass ihr gewonnen habt. Klasse, Jungs!“

„Geht jetzt nicht, Papa“, erwiderte Benno erschrocken. Er wollte das Gespräch sofort beenden, bevor er sich noch um Kopf und Kragen redete. „Moritz ist schon ganz genervt, dass ich so lange telefoniere. Ich erzähle dir alles morgen. Okay?"

„Einverstanden! Halt die Ohren steif. Und geh nicht zu spät ins Bett." Er schickte Benno noch einen Kuss durch das Telefon und legte auf.

Benno schnaufte durch. „Das war knapp!"

Als Benno am Bundeskanzleramt ankam, stand eine Gruppe Kinder davor. Benno tat so, als gehörte er dazu. Niemand bemerkte, dass ein Kind zu viel war, und er gelangte ungehindert in das Gebäude. Ein Lehrer erklärte den Kindern, was die Bundeskanzlerin macht, und zeigte ihnen den Presseraum. Dort sollte die Kanzlerin heute Nachmittag eine Erklärung abgeben.

In einem unbemerkten Moment schlich sich Benno weg und suchte das Büro der Bundeskanzlerin. Er überlegte, wo es sein könnte. „Mhm, wäre ich der Chef, würde ich am liebsten ganz oben sitzen. Mit einem tollen Ausblick." Entschlossen stieg er die breiten Treppen hinauf und passte auf, dass ihn keiner entdeckte. Im siebten Stock lugte er durch eine angelehnte Tür. In dem Raum dahinter erspähte Benno einen großen Lederstuhl von hinten, auf dem eine Frau mit einem weißen Sakko und kurzen dunkelblondem Haar saß. Die Frau telefonierte. Benno konnte plötzlich sein Herz laut schlagen hören und hielt die Luft an. Er kannte die Stimme. Nur fünf Meter vor ihm saß die Bundeskanzlerin. Nachdem sie aufgelegt hatte, kam eine andere Frau durch die gegenüberliegende Tür herein.

„Sie müssen zur Pressekonferenz, Frau Bundeskanzlerin", sagte sie, „die Damen und Herren Journalisten warten bereits."

Kurz darauf verschwand sie zusammen mit der Kanzlerin durch die Tür gegenüber.

Benno ging auf Zehenspitzen in das Büro. Es war sehr hübsch eingerichtet. An den Wänden hingen bunte moderne Gemälde. Der Boden war mit einem weichen Teppich ausgelegt. Ein riesiger Schreibtisch befand sich direkt vor dem Fenster mit Ausblick auf das Parlament. Auf dem Schreibtisch standen drei schwarze Telefone mit vielen Tasten. Da er ganz allein war, wurde er mutiger und setzte sich auf den großen Lederstuhl. Er war herrlich weich und Benno genoss den wunderschönen Ausblick. Er betrachtete das bunte Treiben vor dem Reichstag und sah, wie sich die WM-Arena allmählich füllte. In ein paar Stunden würde man dort das Endspiel übertragen. Der Lärm von unten drang sogar bis in das Büro der Bundeskanzlerin. „Ob Regieren Spaß macht?“, fragte sich Benno. Dann entdeckte er auf dem Schreibtisch eine in Leder eingebundene Unterschriftenmappe. Neugierig klappte er sie auf, ganz vorsichtig. Obenauf lag, ohne Umschlag, das letzte Kapitel.

20. WIE DIE GESCHICHTE ZU ENDE GING

Die Tiere tagten wieder regelmäßig. Sie saßen im Halbkreis nebeneinander und diskutierten eifrig, wie das Land regiert werden sollte.

Der Orang-Utan aus dem Osten leitete noch viele Jahre die Sitzungen.

Der Dicke Löwe wollte immer auf sein schönes neues Parlament schauen und ließ deshalb gegenüber ein schickes Kanzler-Haus bauen. Aber er konnte nicht mehr einziehen. Ein redegewandter Gibbon hatte ihn als Kanzler abgelöst, bevor das Haus fertig wurde.

Die Tiere waren schlauer geworden. Sie wählten keine gefährlichen Tiere mehr ins Parlament. Denn sie erinnerten sich noch gut daran, wie die Schakale und die Krokodile ihr Land kaputt gemacht hatten. Sie wählten nur noch friedliebende Tiere.

Die Regierungen wechselten immer wieder. Mal war ein Affe Kanzler, dann wieder eine kluge Löwin. Vielleicht wird es eines Tages ein Warzenschwein oder sogar eine Ochsenfröschin sein.

Das Land der wilden Tiere hatte seinen Frieden gefunden.

** * * E N D E * * **

Benno hatte gerade die letzten Zeilen gelesen, als plötzlich eins der Telefone vor ihm klingelte. Er bekam einen Riesenschreck. Hoffentlich hörte niemand das Klingeln, käme in das Zimmer und entdeckte ihn. „Vielleicht ist das der amerikanische Präsident", dachte Benno. Er versteckte sich hinter dem großen

Ledersessel und wartete ab. Es klingelte immer weiter. Nachdem glücklicherweise niemand ins Büro kam, wurde Bennos Neugierde immer größer. Schließlich nahm er seinen ganzen Mut zusammen und den Hörer ab.

„Hallo Benno! Ich bin's. Ich möchte mich von dir verabschieden." Es war die vertraute Brummstimme des Dicken Löwen. „Ich hoffe sehr, dir hat deine Reise gefallen."

„Und wie! Das war ein supertolles Abenteuer", antwortete Benno.

„Das freut mich. Aber es ist noch nicht ganz zu Ende."

„Nein?" Benno ahnte, was nun kam.

„Schau doch mal unter die Unterschriftenmappe!"

Benno musste tief durchatmen, als er die Mappe hochnahm. Dort lag tatsächlich das heiß ersehnte grüne WM-Ticket. Sein Herz hüpfte. Am liebsten hätte er geschrien vor Freude.

„Vor dem Bundeskanzleramt wartet eine Limousine, die dich zum Stadion bringen wird. Ich wünsche dir ganz viel Spaß!", hörte er die Stimme des Löwen am anderen Ende.

„Danke, danke, danke! Das ist das schönste Geschenk, das ich je bekommen habe", brach es aus Benno heraus. „Wann sehe ich dich wieder?" Doch er hörte nur ein Klicken in der Leitung. Der Dicke Löwe hatte aufgelegt.

Benno schwebte im siebten Himmel. Er guckte sich noch einmal im Büro der Kanzlerin um. Keiner aus seiner Klasse würde glauben, wo er gewesen war. Dann schlich er aus dem Zimmer und die Treppen hinunter. Die Pressekonferenz war gerade vorbei. Benno mischte sich wieder unter die Kinder und kam so unbemerkt aus dem Gebäude. Eine große schwarze Limousine mit zwei FIFA-Flaggen auf dem Kühler stand vor dem Eingang bereit. Ein Fahrer erwartete ihn bereits und hielt Benno die Tür auf. Stolz stieg Benno ein. Wie ein Bundeskanzler wurde er durch die vollen Straßen zum Olympiastadion gefahren.

Vor dem Stadion herrschte ein ähnlicher Trubel wie am Brandenburger Tor. Die Menschen hier waren noch bunter. Rot-weiß karierte Fans aus Kroatien grölten um die Wette mit Australiern, die ein menschengroßes, aufgeblasenes Känguru in den Händen hielten. Ein Südkoreaner posierte auf einem Podest wie ein Weltmeister mit dem nachgebildeten Weltmeister-Pokal. Ein afrikanischer Fußballkünstler balancierte minutenlang einen Fußball auf seinem Kopf, ohne ihn fallen zu lassen. Brasilianer tanzten mit Spaniern.

Engländer und Holländer machten einen Wettbewerb, wer am lautesten singen konnte. Ein rot-weiß-grüner Legionär aus Italien trug eine Französin mit rot-weiß-blauer Perücke auf seinen Schultern durch die Menge.

Der FIFA-Fahrer begleitete Benno sicher durch die Menge in das Olympiastadion. Das war bereits ziemlich voll. Die Stimmung war besser als bei allen Spielen der Eintracht zusammen. Italienische Sprechchöre sangen „Italia, Italia“ und Franzosen grölten „Allez les bleus!“ zurück. Aufregender hätte der Tag nicht enden können. Er kramte sein Handy aus der Tasche und rief Moritz an. Benno platzte vor Stolz, als er seinem Freund davon erzählte.

Kurz bevor das Spiel anfing, füllten sich die Reihen im Block vor ihm. Benno sah eine Frau im weißen Sakko. Sie kam ihm sehr bekannt vor. Es war die Bundeskanzlerin. Ganz in ihrer Nähe nahm der französische Präsident, den Benno schon im Hotel Adlon getroffen hatte, seinen Platz ein. Und dann bemerkte er den „Kaiser". Kurz bevor sich Franz Beckenbauer hinsetzte, drehte er sich nach hinten um und zwinkerte Benno zu. „Schau'n mer ma, wer heut' gewinnt", schien er ihm über die Köpfe der Menschen zuzurufen.

Dann ging das Spiel los. Benno ließ sich 120 Minuten von dem Spiel des Jahres gefangen nehmen. Als die Italiener den entscheidenden Elfmeter im Tor versenkten, brach im Stadion ein unbeschreiblicher Jubel los. Ein unvergessliches Feuerwerk und das Bild einer triumphierenden italienischen Nationalmannschaft beendeten den schönsten Tag, den Benno je erlebt hatte.

Anschließend brachte der FIFAFahrer Benno durch einen unterirdischen Gang wieder sicher aus dem Olympiastadion heraus und fuhr ihn direkt zum Hauptbahnhof.

Als Benno im Zug nach Frankfurt saß, war er erschöpft, aber glücklich. Er kramte die zwanzig Kapitel der Geschichte aus seiner Tasche hervor, sortierte sie und legte sie sorgfältig übereinander. Er hatte nicht nur das WM-Endspiel in Berlin erlebt, sondern er hielt außerdem eine einzigartige Geschichte über das Parlament in den Händen. Wenn doch Bennos Geschichtslehrer nur so spannend erzählen könnte ... O Schreck, Herr Bogenschütz! Der wollte doch einen Aufsatz über das Parlament! Aber er konnte ihm doch nicht diese zwanzig Kapitel geben. Das würde der doch nie glauben.

„Was mach ich bloß?“, dachte Benno. Er rief Moritz an. „Hast du eine Idee?“

„Ist doch ganz einfach“, entgegnete Moritz, „du hast jetzt im Zug genügend Zeit. Schreib einfach drauflos. Du weißt doch jetzt alles. Komm, das schaffst du schon! Wann kommst du in Frankfurt an?“ Kurz bevor Benno antworten wollte, brach die Verbindung plötzlich ab. Der Handy-Akku war leer. „So ein Mist!“ Er hatte Moritz noch nicht gesagt, dass er beim ihm schlafen musste.

Benno war hungrig und holte sich ein Paar Würstchen aus dem Bistro, die er sofort verputzte. Beim Essen dachte er an seine Eltern. Der Gedanke, dass sie erfahren würden, was er am Wochenende erlebt hatte, machte ihn ganz nervös. Er würde nie mehr allein irgendwohin fahren dürfen. Und Moritz würde auch einen Riesenärger bekommen. Nachdenklich setzte Benno sich wieder in sein Abteil.

Er versuchte, sich zu konzentrieren und wenigstens seinen Aufsatz zu schreiben. Deswegen wollte er noch einmal die magische Karte studieren. Er fühlte in seiner Tasche das weiche lederartige Material und holte es heraus. Aber die magische Karte hatte sich verändert! Das lederartige Material war zu einem besonders schönen Umschlag eines Schulheftes geworden, auf dem alle Tiere, die in der Geschichte vorgekommen, bunt durcheinander abgebildet waren. Er machte das Heft auf und sein Mund blieb vor Staunen offen. Acht Seiten waren beschrieben. In seiner eigenen Handschrift! Benno konnte es nicht fassen.

„Der Aufsatz über das Parlament! Für Herrn Bogenschütz.“ Helmut Löwe hatte wirklich an alles gedacht.

Spät in der Nacht lief der Zug in den Frankfurter Hauptbahnhof ein. Benno war ganz mulmig zumute. Er konnte auf keinen Fall zu seinen Eltern fahren. Also kramte er sein letztes Geld aus der Tasche. Es reichte gerade noch für das Taxi zu Moritz. Aber sein Freund schlief bestimmt schon. Moritz' Eltern durften auch nichts bemerken. Er stellte sich lebhaft das riesige Donnerwetter vor, wenn jetzt doch noch alles herauskäme. Mit eingezogenen Schultern stieg er aus dem Taxi.

Umso mehr freute er sich, als er sah, dass im Zimmer von Moritz noch Licht brannte. Er warf einen Kieselstein gegen sein Fenster. Schnell öffnete es sich und Moritz rief herunter: „Da bist du ja endlich!“ Er schlich die Treppe hinunter und öffnete Benno die Haustür. „Psst! Meine Eltern denken, wir schlafen schon.“

Benno war völlig verdattert. „Aber ... aber ... woher weißt du, dass ich bei dir schlafen wollte?“

„Wieso?“, wunderte sich Moritz, „du hast mir doch eine SMS geschickt. Mann, musst du fertig sein! Jetzt erzähl mir genau, was alles in Berlin passiert ist. Ich brenne vor Neugier.“

Benno plumpste ein Riesenstein vom Herzen. So erleichtert hatte er sich noch nie gefühlt. Denn er begriff: Helmut Löwe hatte ihn in ein unglaubliches Abenteuer entführt und in jeder Sekunde auf ihn aufgepasst. Still sagte er zu ihm: „Du bist nicht nur mein größter Held. Du bist auch mein allerbester Freund!“

ANHANG

ALLE TIERE UND IHRE HISTORISCHEN VORBILDER

Tiere in der Geschichte	**Ihre Aufgaben**	**Historische Vorbilder**	**Ihre Funktion**
Mächtiger Elefant	König vom Nordreich, wird der erste Kaiser im Land der wilden Tiere	Friedrich Wilhelm IV. und Wilhelm I.	König von Preußen & 1. Kaiser des deutschen Reiches
Nilpferd	König von Westland		Stellvertretend für deutsche Länderfürsten
Nashorn	König vom Ostreich		Stellvertretend für deutsche Länderfürsten
Giraffe	König vom Südland	Ludwig II.	König von Bayern
Großer Tiger	1. Kanzler der Tiere	Otto von Bismarck	1. Reichskanzler
Mandrill	Architekt des Parlaments der Tiere	Paul Wallot	Architekt des Reichtags
Weißer Tiger	Leiter der Sitzungen im Parlament zur Kaiserzeit		Stellvertretend für die ersten Reichstags-präsidenten
Lauter Elefant	Sohn des Mächtigen Elefanten, wird nach dem Tod seines Vaters Kaiser	Wilhelm II.	3. Kaiser des deutschen Reiches
Vetter vom lauten Elefanten		Franz Ferdinand von Österreich	
Mutiger Pavian	Ruft die Republik der Tiere aus, redet im Namen der Affenpartei gegen den Listigen Schakal	Philipp Scheidemann, Otto Wels	Ruft am 9.11.1919 die Republik aus, Rede gegen das Ermächtigungsgesetz 1933

Tiere in der Geschichte	**Ihre Aufgaben**	**Historische Vorbilder**	**Ihre Funktion**
Starker Schimpanse	1. Präsident der Republik der wilden Tiere	Friedrich Ebert	1. Reichspräsident
Gutmütiger Orang-Utan	Leiter der Sitzungen im Parlament in der ersten Republik, später Leiter der Sitzungen im Parlament vom Westland	Paul Löbe	Reichstagspräsident in der Weimarer Republik, Bundestags-präsident
Vornehmes Warzenschwein	1. Kanzler der Republik der Tiere, später: 1. Präsident im Westland	Gustav Scheidemann, Theodor Heuss	Reichskanzler und Außenminister (stellvertretend für alle Kanzler der Weimarer Republik), Bundespräsident der BRD
Großer Hahn	Wichtiges Tier im Hühnerland, später Präsident	Charles de Gaulle	Französischer Präsident
Alter Elefant	2. Präsident der Republik der Tiere	Paul von Hindenburg	2. Reichspräsident
Krokodil mit den großen Zähnen	Anführer der Krokodilpartei der Tiere	Ernst Thälmann	Vorsitzender der KPD
Listiger Schakal	Abscheulicher Anführer der Schakale, Kanzler der Tiere, Diktator	Adolf Hitler	Diktator, Führer und Reichskanzler, Vorsitzender der NSDAP
Dicker Schakal	Rabiater Helfer des Listigen Schakals	Herrmann Göring	Reichsfeldmarschall und Minister in der Regierung Hitler
Mutiger Kudu-General	Will den Listigen Schakal stürzen	Claus Schenk Graf von Stauffenberg	Hauptperson des Widerstands gegen Adolf Hitler
Seehund	Abgesandter der Robbeninsel		Britischer Regierungs-vertreter

Tiere in der Geschichte	**Ihre Aufgaben**	**Historische Vorbilder**	**Ihre Funktion**
Malibu	Abgesandter vom Land der großen Vögel		Amerikanischer Regierungsvertreter
Dicker Seelöwe	Wichtiger Anführer vom Robbenland	Winston Churchill	Britischer Premierminister
Oberbär	Unumstrittener Herrscher im Bärenland	Josef Stalin, später Michail Gorbatschow	Mächtigste Person der Sowjetunion
Mächtiger Seeadler	Herrscher vom Vogelland	Franklin D. Roosevelt, Harry S. Trumann	Amerikanischer Präsident
Alter Löwe	Angesehener Vorsitzender der Löwenpartei, wird der erste Kanzler der wilden Tiere im Westland	Konrad Adenauer	1. Bundeskanzler, CDU-Vorsitzender
Weiser Pavian	Kluger Vorsitzender der Affenpartei,wird nach dem Alten Löwen Kanzler im Westland	Willy Brandt	4. Bundeskanzler, SPD-Vorsitzender
Unterwürfiger Alligator	1. Vorsitzender der Regierung im Ostland	Walter Ulbricht	1. Sekretär des Zentralkomitees der SED und mächtigster Mann der DDR
Grimmiger Braunbär	General im Osten, eigentlicher Herrscher im Ostland		Stellvertretend für die russischen Kommandeure / Beobachter in der DDR
Schmieriger Kaiman	Widerlicher Oberspitzel im Ostland	Erich Mielke	Minister für Staatssicherheit (Stasi)

Tiere in der Geschichte	**Ihre Aufgaben**	**Historische Vorbilder**	**Ihre Funktion**
Dicker Löwe	Bedeutender Kanzler der Tiere im Westland, später Kanzler im vereinten Land der wilden Tiere	Helmut Kohl	6. Bundeskanzler
Brillenalligator	Nachfolger des Unterwürfigen Alligators	Erich Honecker	Generalsekretär der SED und Staatsratsvorsitzender der DDR
Bunter Flamingo	Verpackungskünstler	Christo	Verpackungskünstler
Lowenmutter	Präsidentin im Westland und vereinigten Land der wilden Tiere	Rita Süssmuth	Bundestagspräsidentin während der Wiedervereinigung und der Verpackung des Parlaments

Kudus, Bongos	Armee
Hyänen	SA
Kojoten	SS
Panther	Juden

DIE PARTEIEN IM PARLAMENT

Im Kaiserreich		**Affenpartei** Kümmert sich besonders um die kleinen Tiere.	**Partei der Warzen-schweine** Glaubt zu wissen, was für das Volk am besten ist.
In der ersten Republik	**Krokodil-partei** Gefährliche Partei. Will die Republik abschaffen. Angeblich sollen die kleinsten Tiere mehr Rechte bekommen.	**Affenpartei** Gemäßigte Partei. Stellt zusammen mit den Warzen-schweinen die Regierung.	**Partei der schnellen Warzen-schweine** Mit den Affen verbündet. Weil sie so schnell laufen können, haben sie ihren Namen geändert.
In West- und Ostland	**Krokodil-partei** Einzige Partei im Ostland-Parlament. Hat keine eigene Meinung. Macht nur was die Bären sagen.	**Affenpartei** Gegenspieler der Löwen. Wählt den *Weisen Pavian* zum Kanzler.	**PSW** Verbündet sich mal mit den Löwen, mal mit den Affen, um den Kanzler in die Regierung zu wählen.

Löwen-partei

Setzt sich besonders für die Einheit ein.

Tiger-partei

Macht immer was der *Große Tiger* sagt.

Partei der großen Tiere

Partei der Großen Tiere Passt auf, dass die großen Tiere ihre Schlösser behalten.

Löwen-partei

Unterstützt die Regierung gegen die Krokodile und Schakale.

Tiger-partei

Kaum noch Unterschiede zur Löwenpartei.

Partei der großen Tiere

Anfangs gemäßigt. Verbündet sich jedoch mit den Schakalen.

Partei der unbesiegbaren Schakale

Gefährlichste Partei. Will die Republik zerstören und das Parlament auflösen. Will alle Macht nur für den *Listigen Schakal.*

Neue Löwen- und Tigerpartei

Gegenspieler der Affen. Wählt den *Alten Löwen* und den *Dicken Löwen* zum Kanzler.

Frosch-partei

Kommt erst spät ins Parlament. Bringt neue Denkanstösse.

WER REGIERT DAS LAND DER WILDEN TIERE IM KAISERREICH?

KAISER

Keiner ist mächtiger als er.

↓ ernennt

KANZLER

Hilft dem Kaiser beim Regieren und hält die Tiere im Parlament in Schach.

↕

PARLAMENT

Tiere im Parlament wollen mitbestimmen, haben aber eigentlich nichts zu sagen.

↑ wählt

VOLK

Nicht alle Tiere dürfen wählen.

WER REGIERT IN DER ERSTEN REPUBLIK?

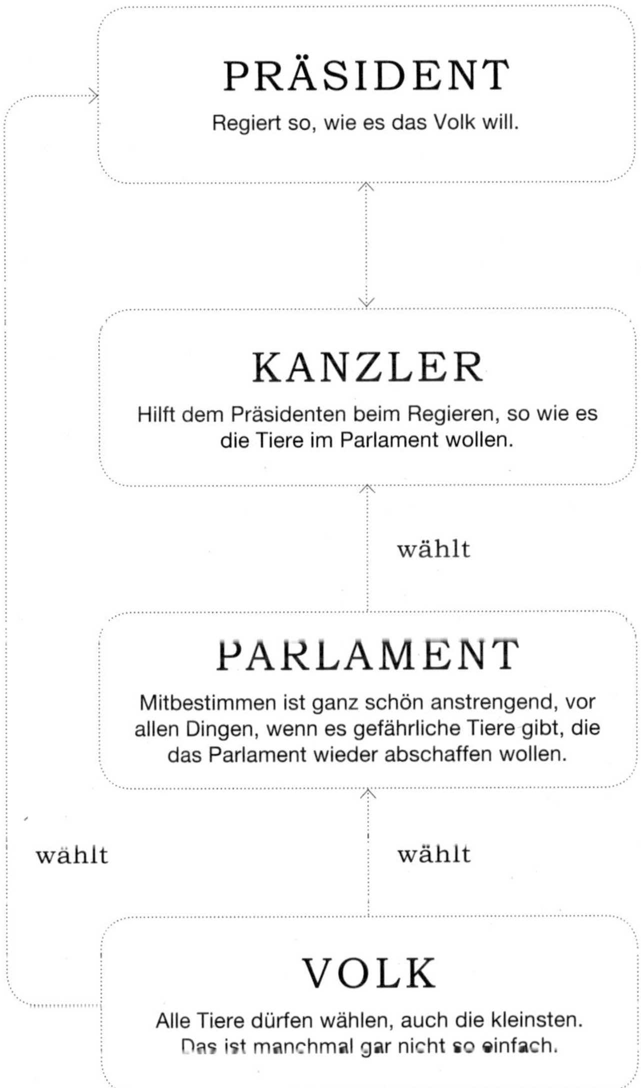

WER REGIERT IM OSTLAND?

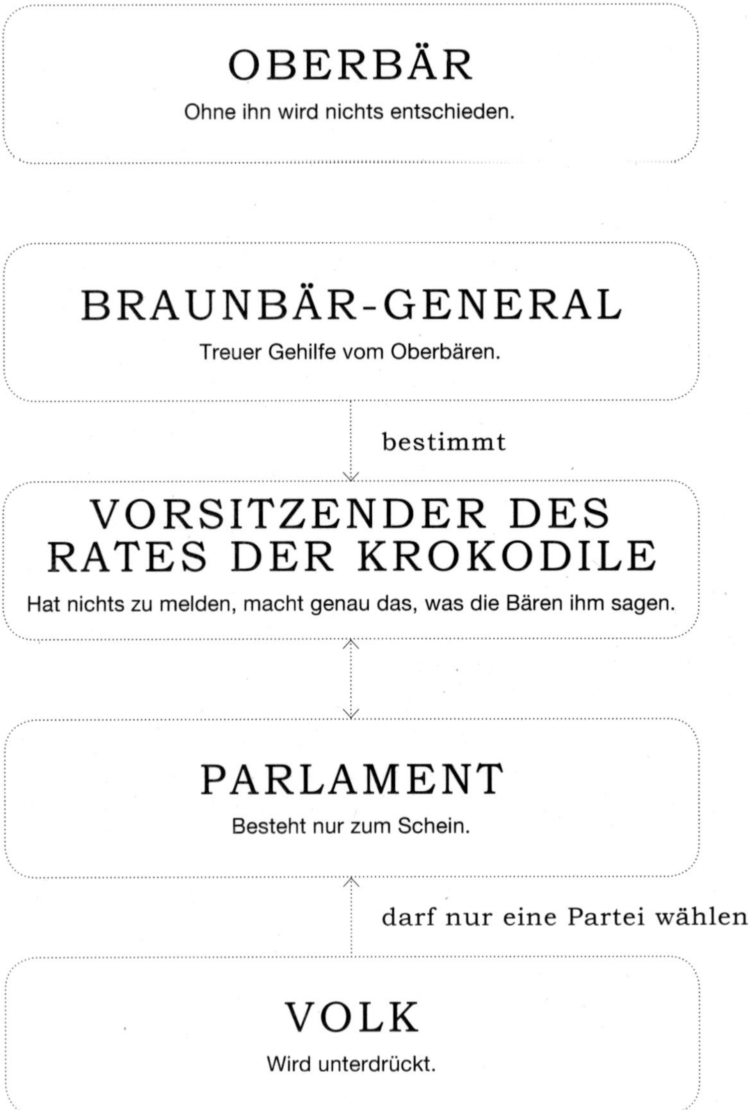

WER REGIERT IM WESTLAND?

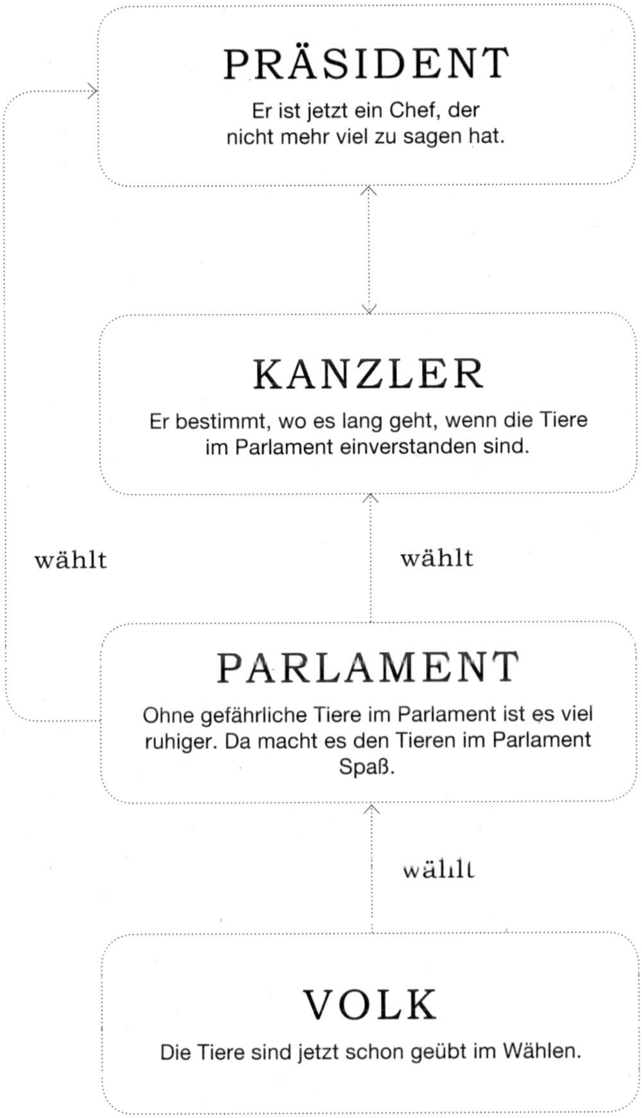

Liebe Leserin, lieber Leser,

von Herzen danke ich dir, dass du dieses Buch in den Händen hältst – möge es dich erfreuen und inspirieren.

Falls dir mein Buch gefällt, bitte ich dich, dir ein paar Minuten Zeit zu nehmen, um einige Zeilen dazu zu verfassen. Denn viele Menschen lesen Besprechungen, bevor sie ein Buch kaufen, da sie so einen Eindruck davon bekommen, ob sie der Inhalt anspricht.

Wenn du den Wunsch verspürst mich weitergehend zu unterstützen, dann bitte ich dich: veröffentliche deine Meinung zu meinem Werk – am besten auf der Seite, auf der du es bekommen hast. Und falls du es in deinen SocialMedia Kanäle postest – bitte kennzeichne mich , damit ich davon erfahre:

fb.me/Benno.ParlamentDerWildenTiere

Instagram @Benno.ParlamentDerWildenTiere

Von Herzen lieben Dank!
Dein Hartmut Sannecke.

Wie schreibst du eine Buchbesprechung? →

Wie schreibst du eine Buchbesprechung?

Grundsätzlich sollte eine Besprechung aus deiner eigenen Sichtweise verfasst werden, denn sie ist dein tiefstes Gefühl. Du kannst deine Gefühle über das Buch in zwei Sätzen ausdrücken oder eine ausführlichere Beschreibung verfassen. Falls du keine Idee hast, wie du anfangen sollst, haben wir hier ein paar Gedanken für dich:

- War das Buch so geschrieben, dass es leicht verständlich war?
- Wie war der Aufbau des Buches?
  War es in sich abgeschlossen?
- War es nach deinem Empfinden mit Herz und Liebe verfasst?
- War es nach deiner Sichtweise mit Herz und Liebe verfasst?
- Hat es dein Herz berührt?
- Hat es dich so sehr bewegt, dass du viele neue Dinge gelernt hast?
- Hat es das erfüllt, was du angesichts des Titels und der Beschreibung des Buches erwartet hast?
- Warum hebt es sich von anderen Büchern ab, die ein ähnliches Thema behandeln? Was macht mein Buch außergewöhnlich?
- Würdest du das Buch weiterempfehlen oder verschenken?

Dankeschön!